U0076029

風雲時代 風雲時代 風雲時代 風雲時代 風雲時代 風雲時代 風雲時代

經典新版

彷徨

魯迅作品精選 ②

魯迅——著

寂寞新文苑

平安舊戰場

兩間餘一卒

荷戟獨徬徨

魯迅

出版小引

還原歷史的真貌——讓魯迅作品自己說話　陳曉林

中國自有新文學以來，魯迅當然是引起最多爭議和震撼的作家。但無論是擁護魯迅的人士，或是反對魯迅的人士，至少有一項顯而易見的事實，是受到雙方公認的：魯迅是現代中國最偉大的作家。

時至今日，以魯迅作品爲研究題材的論文與專書，早已俯拾皆是，汗牛充棟。全世界以詮釋魯迅的某一作品而獲得博士學位者，也早已不下百餘位之多。而中國大陸靠「核對」或「注解」魯迅作品爲生的學界人物，數目上更超過台灣以「研究」孫中山思想爲生的人物數倍以上。但遺憾的是，台灣的讀者卻始終無緣全面性地、無偏見地看到魯迅作品的真貌。

事實上，魯迅自始至終是一個文學家、思想家、雜文家，而不是一個翻雲覆雨的政治人物。中國大陸將魯迅捧抬爲「時代的舵手」、「青年的導師」，固然是以政治手段扭曲了魯迅作品的真正精神；台灣多年以來視魯迅爲「洪水猛獸」、「離經叛道」，不讓魯迅作品堂堂正正出現在讀者眼前，也是割裂歷史真相的笨拙行徑。試想，談現代中國文學，談三十年代作品，而竟獨漏了魯迅這個人和他的著作，豈止是造成半世紀來文學史「斷層」的主因？在明眼人看來，這根本是一個對文學毫無常識的、天大的笑話！

正因爲海峽兩岸基於各自的政治目的，對魯迅作品作了各種各樣的扭曲或割裂；而研究魯迅作品的文人學者又常基於個人一己的好惡，而誇張或抹煞魯迅作品的某些特色，以致魯迅竟成爲近代中國文壇最離奇的「謎」，及最難解的「結」。

其實，若是擱置激情或偏見，平心細看魯迅的作品，任何人都不難發現：一、魯迅是一個真誠的人道主義者，他的作品永遠在關懷和呵護受侮辱、受傷害的苦難大衆。二、魯迅是一個文學才華遠遠超邁同時代水平的作家，就純文學領域而言，他的《吶喊》、《徬徨》、《野草》、《朝花夕拾》，迄今仍是現代中國最夠深度、結構也最爲嚴謹的小說與散文；而他所首創的「魯迅體雜文」，冷風熱血，犀利真摯，抒情析理，兼而有之，亦迄今仍無人可以企及。三、魯迅是最勇於面對時代黑暗與人性黑暗的作家，他對中國民族性的透視，以及對專制勢力的抨擊，沉痛真切，一針見血。四、魯迅是涉及論戰與爭議最多的作家，他與胡適、徐志摩、梁實秋、陳西瀅等人的筆戰，迄今仍是現代文學史上一樁樁引人深思的公案。五、魯迅是永不迴避的歷史見證者，他目擊身歷了清末亂局、辛亥革命、軍閥混戰、黃埔北伐，以及國共分裂、清黨悲劇、日本侵華等一連串中國近代史上掀天揭地的鉅變，秉筆直書，言其所信，孤懷獨往，昂然屹立，他自言「橫眉冷對千夫指，俯首甘爲孺子牛」，可見他的堅毅與孤獨。

現在，到了還原歷史真貌的時候了。隨著海峽兩岸文化交流的展開，再沒有理由讓魯迅作品長期被掩埋在謊言或禁忌之中了。對魯迅這位現代中國最重要的作家而言，還原歷史真貌

最簡單、也最有效的方法，就是讓他的作品自己說話。

不要以任何官方的說詞、拼湊的理論，或學者的「研究」來混淆了原本文氣磅礡、光焰萬丈的魯迅作品；而讓魯迅作品如實呈現在每一個人面前，是魯迅的權利，也是每位讀者的權利。

恩怨俱了，塵埃落定。畢竟，只有真正卓越的文學作品是指向永恆的。

— 7 —

朝發軔於蒼梧兮，夕餘至乎縣圃；

欲少留此靈瑣兮，日忽忽其將暮。

吾令羲和弭節兮，望崦嵫而勿迫；

路漫漫其修遠兮，吾將上下而求索。

屈原：《離騷》。①

注釋

①屈原（約公元前340—約前278）　名平，字原，又字靈均，戰國後期楚國詩人。楚懷王時官左徒，由於他的政治主張不見容於貴族集團而屢遭迫害，後被頃襄王放逐到沅、湘流域，忿而作長詩《離騷》，以抒發其忿激心情和追求理想的決心。作者從《離騷》中引這幾句詩作為本書的題辭，在一九三二年十二月寫的《〈自選集〉自序》（《南腔北調集》）中曾有過說明，可參看。

— 9 —

詩中的蒼梧，山名，又名九嶷山，在今湖南寧遠縣境內，相傳舜死後葬在這裡；縣圃，神話中崑崙山上神仙居住的地方；靈瑣，神話中仙人宮闕的大門；羲和，神話中給太陽趕車的神；崦嵫，山名，神話中太陽住宿的地方。

祝福①

舊曆的年底畢竟最像年底，村鎮上不必說，就在天空中也顯出將到新年的氣象來。灰白色的沉重的晚雲中間時時發出閃光，接著一聲鈍響，是送灶②的爆竹；近處燃放的可就更強烈了，震耳的大音還沒有息，空氣裏已經散滿了幽微的火藥香。我是正在這一夜回到我的故鄉魯鎮的。雖說故鄉，然而已沒有家，所以只得暫寓在魯四老爺的宅子裏。他是我的本家，比我長一輩，應該稱之曰「四叔」，是一個講理學的老監生③。他比先前並沒有什麼大改變，單是老了些，但也還未留鬍子，一見面是寒暄，寒暄之後說我「胖了」，說我「胖了」之後即大罵其新黨④。但我知道，這並非借題在罵我：因爲他所罵的還是康有爲⑤。但是，談話是總不投機的了，於是不多久，我便一個人剩在書房裏。

第二天我起得很遲，午飯之後，出去看了幾個本家和朋友；第三天也照樣。他們也都沒有什麼大改變，單是老了些；家中卻一律忙，都在準備著「祝福」⑥。這是魯鎮年終的大典，致敬盡禮，迎接福神，拜求來年一年中的好運氣的。殺雞，宰鵝，買豬肉，用心細細的洗，女人的臂膊都在水裏浸得通紅，有的還帶著絞絲銀鐲子。煮熟之後，橫七豎八的插些筷子在這類東西上，可就稱爲「福禮」了，五更天陳列起來，並且點上香燭，恭請福神們來享用；拜的卻只限於男人，拜完自然仍然是放爆竹。年年如此，家家如此，——只要買得起福禮和爆竹之類

— 15 —

的，──今年自然也如此。天色愈陰暗了，下午竟下起雪來，雪花大的有梅花那麼大，滿天飛舞，夾著煙靄和忙碌的氣色，將魯鎮亂成一團糟。我回到四叔的書房裏時，瓦楞上已經雪白，房裏也映得較光明，極分明的顯出壁上掛著的朱拓⑦的大「壽」字，陳摶⑧老祖寫的；一邊的對聯已經脫落，鬆鬆的卷了放在長桌上，一邊的還在，道是「事理通達心氣和平」⑨。我又無聊賴的到窗下的案頭去一翻，只見一堆似乎未必完全的《康熙字典》⑩，一部《近思錄集注》和一部《四書襯》。無論如何，我明天決計要走了。

況且，一想到昨天遇見祥林嫂的事，也就使我不能安住。那是下午，我到鎮的東頭訪過一個朋友，走出來，就在河邊遇見她；而且見她瞪著的眼睛的視線，就知道明明是向我走來的。我這回在魯鎮所見的人們中，改變之大，可以說無過於她的了：五年前的花白的頭髮，即今已經全白，全不像四十上下的人；臉上瘦削不堪，黃中帶黑，而且消盡了先前悲哀的神色，彷彿是木刻似的；只有那眼珠間或一輪，還可以表示她是一個活物。她一手提著竹籃，內中一個破碗，空的；一手拄著一枝比她更長的竹竿，下端開了裂：她分明已經純乎是一個乞丐了。

我就站住，預備她來討錢。

「你回來了？」她先這樣問。

「是的。」

「這正好。你是識字的，又是出門人，見識得多。我正要問你一件事──」她那沒有精采

─ 16 ─

的眼睛忽然發光了。

我萬料不到她卻說出這樣的話來，詫異的站著。

「就是——」她走近兩步，放低了聲音，極秘密似的切切的說，「一個人死了之後，究竟有沒有魂靈的？」

我很悚然，一見她的眼釘著我的，背上也就遭了芒刺一般，比在學校裏遇到不及預防的臨時考，教師又偏是站在身旁的時候，惶急得多了。對於魂靈的有無，我自己是向來毫不介意的；但在此刻，怎樣回答她好呢？我在極短期的躊躇中，想，這裏的人照例相信鬼，然而她，卻疑惑了，——或者不如說希望：希望其有，又希望其無……。人何必增添末路的人的苦惱，為她起見，不如說有罷。

「也許有罷，——我想。」我於是吞吞吐吐的說。

「那麼，也就有地獄了？」

「啊！地獄？」我很吃驚，只得支吾者，「地獄？——論理，就該也有。——然而也未必，……誰來管這等事……。」

「那麼，死掉的一家的人，都能見面的？」

「唉唉，見面不見面呢？……」這時我已知道自己也還是完全一個愚人，什麼躊躇，什麼計畫，都擋不住三句問。我即刻膽怯起來了，便想全翻過先前的話來，「那是，……實在，我

說不清……。其實，究竟有沒有魂靈，我也說不清。」

我乘她不再緊接的問，邁開步便走，匆匆的逃回四叔的家中，心裏很覺得不安逸。自己想，我這答話怕於她有些危險。她大約因為在別人的祝福時候，感到自身的寂寞了，然而會不會含有別的什麼意思的呢？——或者是有了什麼預感了？倘有別的意思，又因此發生別的事，則我的答話委實該負若干的責任……。但隨後也就自笑，覺得偶爾的事，本沒有什麼深意義，而我偏要細細推敲，正無怪教育家要說是生著神經病；而況明明說過「說不清」，已經推翻了答話的全局，即使發生什麼事，於我也毫無關係了。

「說不清」是一句極有用的話。不更事的勇敢的少年，往往敢於給人解決疑問，選定醫生，萬一結果不佳，大抵反成了怨府，然而一用這說不清來作結束，便事事逍遙自在了。我在這時，更感到這一句話的必要，即使和討飯的女人說話，也是萬不可省的。

但是我總覺得不安，過了一夜，也仍然時時記憶起來，彷彿懷著什麼不祥的預感；在陰沉的雪天裏，在無聊的書房裏，這不安愈加強烈了。不如走罷，明天進城去。福興樓的清燉魚翅，一元一大盤，價廉物美，現在不知增價了否？往日同遊的朋友，雖然已經雲散，然而魚翅是不可不吃的，即使只有我一個……。無論如何，我明天決計要走了。

我因為常見些但願不如所料，以為未必竟如所料的事，卻每每恰如所料的起來，所以很恐怕這事也一律。果然，特別的情形開始了。傍晚，我竟聽到有些人聚在內室裏談話，彷彿議

— 18 —

論什麼事似的，但不一會，說話聲也就止了，只有四叔且走而且高聲的說：

「不早不遲，偏偏要在這時候，——這就可見是一個謬種！」

我先是詫異，接著是很不安，似乎這話於我有關係。試望門外，誰也沒有。好容易待到晚飯前他們的短工來沖茶，我才得了打聽消息的機會。

「剛才，四老爺和誰生氣呢？」我問。

「還不是和祥林嫂？」那短工簡捷的說。

「祥林嫂？怎麼了？」我又趕緊的問。

「老了。」

「死了？」我的心突然緊縮，幾乎跳起來，臉上大約也變了色。但他始終沒有抬頭，所以全不覺。我也就鎮定了自己，接著問：

「什麼時候死的？」

「什麼時候？——昨天夜裏，或者就是今天罷。——我說不清。」

「怎麼死的？」

「怎麼死的？——還不是窮死的？」他淡然的回答，仍然沒有抬頭向我看，出去了。

然而我的驚惶卻不過暫時的事，隨著就覺得要來的事，已經過去，並不必仰仗我自己的「說不清」和他之所謂「窮死的」的寬慰，心地已經漸漸輕鬆；不過偶然之間，還似乎有些負

疚。晚飯擺出來了，四叔儼然的陪著。我也還想打聽些關於祥林嫂的消息，但知道他雖然讀過

「鬼神者二氣之良能也」⑪，而忌諱仍然極多，當臨近祝福時候，是萬不可提起死亡疾病之類的話的；倘不得已，就該用一種替代的隱語，可惜我又不知道，因此屢次想問，而終於中止了。我從他儼然的臉色上，又忽而疑他正以爲我不早不遲，偏要在這時候來打攪他，也是一個謬種，便立刻告訴他明天要離開魯鎮，進城去，趁早放寬了他的心。他也不很留。這樣悶悶的吃完了一餐飯。

冬季日短，又是雪天，夜色早已籠罩了全市鎮。人們都在燈下匆忙，但窗外很寂靜。雪花落在積得厚厚的雪褥上面，聽去似乎瑟瑟有聲，使人更加感得沉寂。我獨坐在發出黃光的菜油燈下，想，這百無聊賴的祥林嫂，被人們棄在塵芥堆中的，看得厭倦了的陳舊的玩物，先前還將形骸露在塵芥裏，從活得有趣的人們看來，恐怕要怪訝她何以還要存在，現在總算被無常打掃得乾乾淨淨了。魂靈的有無，我不知道；然而在現世，則無聊生者不生，即使厭見者不見，爲人爲己，也還都不錯。我靜聽著窗外似乎瑟瑟作響的雪花聲，一面想，反而漸漸的舒暢起來。

然而先前所見所聞的她的半生事跡的斷片，至此也聯成一片了。

她不是魯鎮人。有一年的冬初，四叔家裏要換女工，做中人的衛老婆子帶她進來了，頭上紮著白頭繩，烏裙，藍夾襖，月白背心，年紀大約二十六七，臉色青黃，但兩頰卻還是紅

的。衛老婆子叫她祥林嫂，說是自己母家的鄰舍，死了當家人，所以出來做工了。四叔皺了皺眉，四嬸已經知道了他的意思，是在討厭她是一個寡婦。但看她模樣還周正，手腳都壯大，又只是順著眼，不開一句口，很像一個安分耐勞的人，便不管四叔的皺眉，將她留下了。試工期內，她整天的做，似乎閒著就無聊，又有力，簡直抵得過一個男子，所以第三天就定局，每月工錢五百文。

大家都叫她祥林嫂；沒問她姓什麼，但中人是衛家山人，既說是鄰居，那大概也就姓衛了。她不很愛說話，別人問了才回答，答的也不多。直到十幾天之後，這才陸續的知道她家裏還有嚴厲的婆婆；一個小叔子，十多歲，能打柴了；她是春天沒了丈夫的；他本來也打柴為生，比她小十歲：大家所知道的就只是這一點。

日子很快的過去了，她的做工卻毫沒有懈，食物不論，力氣是不惜的。人們都說魯四老爺家裏雇著了女工，實在比勤快的男人還勤快。到年底，掃塵，洗地，殺雞，宰鵝，徹夜的煮福禮，全是一人擔當，竟沒有添短工。然而她反滿足，口角邊漸漸的有了笑影，臉上也白胖了。

新年才過，她從河邊淘米回來時，忽而失了色，說剛才遠遠地看見幾個男人在對岸徘徊，很像夫家的堂伯，恐怕是正在尋她而來的。四嬸很驚疑，打聽底細，她又不說。四叔一知道，就皺一皺眉，道：

「這不好。恐怕她是逃出來的。」

她誠然是逃出來的，不多久，這推想就證實了。

此後大約十幾天，大家正已漸漸忘卻了先前的事，衛老婆子忽而帶了一個三十多歲的女人進來了，說那是祥林嫂的婆婆。那女人雖是山裏人模樣，然而應酬很從容，說話也能幹，寒暄之後，就賠罪，說她特來叫她的兒媳回家去，因爲開春事務忙，而家中只有老的和小的，人手不夠了。

「既是她的婆婆要她回去，那有什麼話可說呢。」四叔說。

於是算清了工錢，一共一千七百五十文，她全存在主人家，一文也還沒有用，便都交給她的婆婆。那女人又取了衣服，道過謝，出去了。其時已經是正午。

「啊呀，米呢？祥林嫂不是去淘米的麼？……」好一會，四嬸這才驚叫起來。她大約有些餓，記得午飯了。

於是大家分頭尋淘籮。她先到廚下，次到堂前，後到臥房，全不見淘籮的影子。四叔踱出門外，也不見，直到河邊，才見平平正正的放在岸上，旁邊還有一株菜。

看見的人報告說，河裏面上午就泊了一隻白篷船，篷是全蓋起來的，不知道什麼人在裏面，但事前也沒有人去理會他。待到祥林嫂出來淘米，剛剛要跪下去，那船裏便突然跳出兩個男人來，像是山裏人，一個抱住她，一個幫著，拖進船去了。祥林嫂還哭喊了幾聲，此後便再

沒有什麼聲息，大約給用什麼堵住了罷。接著就走上兩個女人來，一個不認識，一個就是衛婆子。窺探艙裏，不很分明，她像是捆了躺在船板上。

「可惡！然而……。」四叔說。

這一天是四嬸自己煮中飯；他們的兒子阿牛燒火。

午飯之後，衛老婆子又來了。

「可惡！」四叔說。

「你是什麼意思？虧你還會再來見我們。」四嬸洗著碗，一見面就憤憤的說，「你自己荐她來，又合夥劫她去，鬧得沸反盈天的，大家看了成個什麼樣子？你拿我們家裏開玩笑麼？」

「啊呀啊呀，我真上當。我這回，就是為此特地來說說清楚的。她來求我荐地方，我那裏料得到是瞞著她的婆婆的呢。對不起，四老爺，四太太。總是我老發昏不小心，對不起主顧。幸而府上是向來寬宏大量，不肯和小人計較的。這回我一定荐一個好的來折罪……。」

「然而……。」四叔說。

於是祥林嫂事件便告終結，不久也就忘卻了。

只有四嬸，因為後來雇用的女工，大抵非懶即饞，或者饞而且懶，左右不如意，所以也還提起祥林嫂。每當這些時候，她往往自言自語的說，「她現在不知道怎麼樣了？」意思是希

望她再來。但到第二年的新正，她也就絕了望。

新正將盡，衛老婆子來拜年了，已經喝得醉醺醺的，自說因為回了一趟衛家山的娘家，住下幾天，所以來得遲了。她們問答之間，自然就談到祥林嫂。

「她麼？」衛老婆子高興的說，「現在是交了好運了。她婆婆來抓她回去的時候，是早已許給了賀家墺的賀老六的，所以回家之後不幾天，也就裝在花轎裏抬去了。」

「啊呀，這樣的婆婆！……」四嬸驚奇的說。

「啊呀，我的太太！你真是大戶人家的太太的話。我們山裏人，小戶人家，這算得什麼？她有小叔子，也得娶老婆。不嫁了她，那有這一注錢來做聘禮？他的婆婆倒是精明強幹的女人呵，很有打算，所以就將她嫁到裏山去。倘許給本村人，財禮就不多；惟獨肯嫁進深山野墺裏去的女人少，所以她就到手了八十千⑬。現在第二個兒子的媳婦也娶進了，財禮花了五十，除去辦喜事的費用，還剩十多千。嚇，你看，這多麼好打算？……」

「祥林嫂竟肯依？……」

「這有什麼依不依。——鬧是誰也總要鬧一鬧的，只要用繩子一捆，塞在花轎裏，抬到男家，捺上花冠，拜堂，關上房門，就完事了。可是祥林嫂真出格，聽說那時實在鬧得利害，大家還都說大約因為在念書人家做過事，所以與眾不同呢。太太，我們見得多了：回頭人出嫁，哭喊的也有，說要尋死覓活的也有，抬到男家鬧得拜不成天地的也有，連花燭都砸了的也有。

— 24 —

祥林嫂可是異乎尋常，他們說她一路只是嚎，罵，抬到賀家墺，喉嚨已經全啞了。拉出轎來，兩個男人和她的小叔子使勁的捺住她也還拜不成天地。他們一不小心，一鬆手，啊呀，阿彌陀佛，她就一頭撞在香案角上，頭上碰了一個大窟窿，鮮血直流，用了兩把香灰，包上兩塊紅布還止不住血呢。直到七手八腳的將她和男人反關在新房裏，還是罵，啊呀呀，這真是……。」

她搖一搖頭，順下眼睛，不說了。

「後來怎麼樣呢？」四嬸還問。

「聽說第二天也沒有起來。」她抬起眼來說。

「後來呢？」

「後來？——起來了。她到年底就生了一個孩子，男的，新年就兩歲了。我在娘家這幾天，就有人到賀家墺去，回來說看見他們娘兒倆，母親也胖，兒子也胖；上頭又沒有婆婆；男人所有的是力氣，會做活；房子是自家的。——唉唉，她真是交了好運了。」

從此之後，四嬸也就不再提起祥林嫂。

但有一年的秋季，大約是得到祥林嫂好運的消息之後的又過了兩個新年，她竟又站在四叔家的堂前了。桌上放著一個荸薺式的圓籃，簷下一個小舖蓋。她仍然頭上紮著白頭繩，烏裙，藍夾襖，月白背心，臉色青黃，只是兩頰上已經消失了血色，順著眼，眼角上帶些淚痕，眼光也沒有先前那樣精神了。而且仍然是衛老婆子領著，顯出慈悲模樣，絮絮的對四嬸說：

— 25 —

「……這實在是叫作『天有不測風雲』，她的男人是堅實人，誰知道年紀輕輕，就會斷送在傷寒上？本來已經好了的，吃了一碗冷飯，復發了。幸虧有兒子；她又能做，打柴摘茶養蠶都來得，本來還可以守著，誰知道那孩子又會給狼銜去的呢？春天快完了，村上倒反來了狼，誰料到？現在她只剩了一個光身了。大伯來收屋，又趕她。她真是走投無路了，只好來求老主人。好在她現在已經再沒有什麼牽掛，太太家裏又湊巧要換人，所以我就領她來。——我想，熟門熟路，比生手實在好得多……。」

「我真傻，真的，」祥林嫂抬起她沒有神采的眼睛來，接著說。「我單知道下雪的時候野獸在山墺裏沒有食吃，會到村裏來；我不知道春天也會有。我一清早起來就開了門，拿小籃盛了一籃豆，叫我們的阿毛坐在門檻上剝豆去。他是很聽話的，我的話句句聽；他出去了。我就在屋後劈柴，淘米，米下了鍋，要蒸豆。我叫阿毛，沒有應，出去一看，只見豆撒得一地，沒有我們的阿毛了。他是不到別家去玩的；各處去一問，果然沒有。我急了，央人出去尋。直到下半天，尋來尋去尋到山墺裏，看見刺柴上掛著一隻他的小鞋。大家都說，糟了，怕是遭了狼了。再進去；他果然躺在草窠裏，肚裏的五臟已經都給吃空了，手上還緊緊的捏著那隻小籃呢。……」她接著但是嗚咽，說不出成句的話來。

四嬸起初還躊躇，待到聽完她自己的話，眼圈就有些紅了。她想了一想，便教拿圓籃和舖蓋到下房去。衛老婆子彷彿卸了一肩重擔似的噓一口氣；祥林嫂比初來時候神氣舒暢些，不

待指引，自己馴熟的安放了舖蓋。她從此又在魯鎮做女工了。

大家仍然叫她祥林嫂。

然而這一回，她的境遇卻改變得非常大。上工之後的兩三天，主人們就覺得她手腳已沒有先前一樣靈活，記性也壞得多，死屍似的臉上又整日沒有笑影，四嬸的口氣上，已頗有些不滿了。當她初到的時候，四叔雖然照例皺過眉，但鑒於向來雇用女工之難，也就並不大反對，只是暗暗地告誡四嬸說，這種人雖然似乎很可憐，但是敗壞風俗的，用她幫忙還可以，祭祀時候可用不著她沾手，一切飯菜，只好自己做，否則，不乾不淨，祖宗是不吃的。

四叔家裏最重大的事件是祭祀，祥林嫂先前最忙的時候也就是祭祀，這回她卻清閒了。桌子放在堂中央，繫上桌幃，她還記得照舊的去分配酒杯和筷子。

「祥林嫂，你放著罷！我來擺。」四嬸慌忙的說。

她訕訕的縮了手，又去取燭台。

「祥林嫂，你放著罷！我來拿。」四嬸又慌忙的說。

她轉了幾個圓圈，終於沒有事情做，只得疑惑的走開。她在這一天可做的事是不過坐在灶下燒火。

鎮上的人們也仍然叫她祥林嫂，但音調和先前很不同；也還和她講話，但笑容卻冷冷的了。她全不理會那些事，只是直著眼睛，和大家講她自己日夜不忘的故事：

「我真傻，真的，」她說，「我單知道雪天是野獸在深山裏沒有食吃，會到村裏來；我

不知道春天也會有。我一大早起來就開了門，拿小籃盛了一籃豆，叫我們的阿毛坐在門檻上剝

豆去。他是很聽話的孩子，我的話句句聽；他就出去了。我就在屋後劈柴，淘米，米下了鍋，

打算蒸豆。我叫，『阿毛！』沒有應。出去一看，只見豆撒得滿地，沒有我們的阿毛了。各處

去一問，都沒有。我急了，央人去尋去。直到下半天，幾個人尋到山墺裏，看見刺柴上掛著一

隻他的小鞋。大家都說，完了，怕是遭了狼了；再進去；果然，他躺在草窠裏，肚裏的五臟已

經都給吃空了，可憐他手裏還緊緊的捏著那隻小籃呢。……」她於是淌下眼淚來，聲音也嗚咽

了。

這故事倒頗有效，男人聽到這裏，往往斂起笑容，沒趣的走了開去；女人們卻不獨寬恕

了她似的，臉上立刻改換了鄙薄的神氣，還要陪出許多眼淚來。有些老女人沒有在街頭聽到她

的話，便特意尋來，要聽她這一段悲慘的故事。直到她說到嗚咽，她們也就一齊流下那停在眼

角上的眼淚，嘆息一番，滿足的去了，一面還紛紛的評論著。

她就只是反覆的向人說她悲慘的故事，常常引住了三五個人來聽她。但不久，大家也都

聽得純熟了，便是最慈悲的念佛的老太太們，眼裏也再不見有一點淚的痕跡。後來全鎮的人們

幾乎都能背誦她的話，一聽到就煩厭得頭痛。

「我真傻，真的，」她開首說。

「是的，你是單知道雪天野獸在深山裏沒有食吃，才會到村裏來的。」他們立即打斷她的話，走開去了。

她張著口怔怔的站著，直著眼睛看他們，接著也就走了，似乎自己也覺得沒趣。但她還妄想，希圖從別的事，如小籃，豆，別人的孩子上，引出她的阿毛的故事來。倘一看見兩三歲的小孩子，她就說：

「唉唉，我們的阿毛如果還在，也就有這麼大了……」

孩子看見她的眼光就吃驚，牽著母親的衣襟催她走。於是又只剩下她一個，終於沒趣的也走了。後來大家又都知道了她的脾氣，只要有孩子在眼前，便似笑非笑的先問她，道：

「祥林嫂，你們的阿毛如果還在，不是也就有這麼大了麼？」

她未必知道她的悲哀經大家咀嚼賞鑒了許多天，早已成為渣滓，只值得煩厭和唾棄；但從人們的笑影上，也彷彿覺得這又冷又尖，自己再沒有開口的必要了。她單是一瞥他們，並不回答一句話。

魯鎮永遠是過新年，臘月二十以後就忙起來了。四叔家裏這回須雇男短工，還是忙不過來，另叫柳媽做幫手，殺雞，宰鵝；然而柳媽是善女人⑭，吃素，不殺生的，只肯洗器皿。祥林嫂除燒火之外，沒有別的事，卻閒著了，坐著只看柳媽洗器皿。微雪點點的下來了。

「唉唉，我真傻，」祥林嫂看了天空，嘆息著，獨語似的說。

「祥林嫂，你又來了。」柳媽不耐煩的看著她的臉，說。「我問你：你額角上的傷痕，不就是那時撞壞的麼？」

「唔唔。」她含糊的回答。

「我問你：你那時怎麼後來竟依了呢？」

「我麼？……」

「你呀。我想：這總是你自己願意了，不然……。」

「啊啊，你不知道他力氣多麼大呀。」

「我不信。我不信你這麼大的力氣，真會拗他不過。你後來一定是自己肯了，倒推說他力氣大。」

「啊啊，你……你倒自己試試看。」她笑了。

柳媽的打皺的臉也笑起來，使她蹙縮得像一個核桃；乾枯的小眼睛一看祥林嫂的額角，又盯住她的眼。祥林嫂似乎很侷促了，立刻斂了笑容，旋轉眼光，自去看雪花。

「祥林嫂，你實在不合算。」柳媽詭秘的說。「再一強，或者索性撞一個死，就好了。現在呢，你和你的第二個男人過活不到兩年，倒落了一件大罪名。你想，你將來到陰司去，那兩個死鬼的男人還要爭，你給了誰好呢？閻羅大王只好把你鋸開來，分給他們。我想，這真是……」

— 30 —

她臉上就顯出恐怖的神色來，這是在山村裏所未曾知道的。

「我想，你不如及早抵當。你到土地廟裏去捐一條門檻，當作你的替身，給千人踏，萬人跨，贖了這一世的罪名，免得死了去受苦。」

她當時並不回答什麼話，但大約非常苦悶了，第二天早上起來的時候，兩眼上便都圍著大黑圈。早飯之後，她便到鎮的西頭的土地廟裏去求捐門檻，廟祝⑮起初執意不允許，直到她急得流淚，才勉強答應了。價目是大錢十二千。

她久已不和人們交口，因為阿毛的故事是早被大家厭棄了的；但自從和柳媽談了天，似乎又即傳揚開去，許多人都發生了新趣味，又來逗她說話了。至於題目，那自然是換了一個新樣，專在她額上的傷疤。

「祥林嫂，我問你：你那時怎麼竟肯了？」一個說。

「唉，可惜，白撞了這一下。」一個看著她的疤，應和道。

她大約從他們的笑容和聲調上，也知道是在嘲笑她，所以總是瞪著眼睛，不說一句話，後來連頭也不回了。她整日緊閉了嘴唇，頭上帶著大家以為恥辱的記號的那傷痕，默默的跑街，掃地，洗菜，淘米。快夠一年，她才從四嬸手裏支取了歷來積存的工錢，換算了十二元鷹洋⑯，請假到鎮的西頭去。但不到一頓飯時候，她便回來，神氣很舒暢，眼光也分外有神，高興似的對四嬸說，自己已經在土地廟捐了門檻了。

冬至的祭祖時節，她做得更出力，看四嬸裝好祭品，和阿牛將桌子抬到堂屋中央，她便坦然的去拿酒杯和筷子。

「你放著罷，祥林嫂！」四嬸慌忙大聲說。

她像是受了炮烙⑰似的縮手，臉色同時變作灰黑，也不再去取燭台，只是失神的站著。直到四叔上香的時候，教她走開，她才走開。這一回她的變化非常大，第二天，不但眼睛窈陷下去，連精神也更不濟了。而且很膽怯，不獨怕暗夜，怕黑影，即使看見人，雖是自己的主人，也總惴惴的，有如在白天出穴遊行的小鼠；否則呆坐著，直是一個木偶人。不半年，頭髮也花白起來了，記性尤其壞，甚而至於常常忘卻了去淘米。

「祥林嫂怎麼這樣了？倒不如那時不留她。」四嬸有時當面就這樣說，似乎是警告她。

然而她總如此，全不見有伶俐起來的希望。他們於是想打發她走了，教她回到衛老婆子那裏去。但當我還在魯鎮的時候，不過單是這樣說；看現在的情狀，可見後來終於實行了。然而她是從四叔家出去就成了乞丐的呢，還是先到衛老婆子家然後再成乞丐的呢？那我可不知道。

我給那些因為在近旁而極響的爆竹聲驚醒，看見豆一般大的黃色的燈火光，接著又聽得畢畢剝剝的鞭炮，是四叔家正在「祝福」了；知道已是五更將近時候。我在朦朧中，又隱約聽到遠處的爆竹聲連綿不斷，似乎合成一天音響的濃雲，夾著團團飛舞的雪花，擁抱了全市鎮。我

福。

在這繁響的擁抱中，也懶散而且舒適，從白天以至初夜的疑慮，全給祝福的空氣一掃而空了，只覺得天地聖眾歆享了牲醴和香煙，都醉醺醺的在空中蹣跚，預備給魯鎮的人們以無限的幸福。

一九二四年二月七日

注釋

① 本篇最初發表於一九二四年三月二十五日上海《東方雜誌》半月刊第二十一卷第六號。

② 送灶 舊俗以農曆十二月二十四日為灶神升天的日子，在這一天或前一天祭送灶神，稱為送灶。

③ 講理學的老監生 理學又稱道學，是宋代周敦頤、程顥、程頤、朱熹等人闡釋儒家學說而形成的唯心主義思想體系。它認為「理」是宇宙的本體，把「三綱五常」等封建倫理道德說成是「天理」，提出「存天理，滅人欲」的主張。監生是國子監生員的簡稱。國子監原是封建時代中央最高學府，清代乾隆以後可以通過援例捐資取得監生名義，不一定在監讀書。

④ 新黨 清末戊戌變法前後對主張或傾向維新的人的稱呼；辛亥革命前後，也用來稱呼革命黨人及擁護革命的人。

⑤ 康有為 (1858-1927) 字廣廈，號長素，廣東南海人。清末資產階級改良主義維新運動的領袖。

他主張「變法維新」，改君主專制爲君主立憲。一八九八年他與譚嗣同、梁啓超等受光緒皇帝任用，參與政事，試行變法，因遭到以慈禧太后爲首的地主階級頑固派的激烈反對而失敗。康有爲在變法失敗後逃亡國外，組織保皇黨，反對孫中山領導的民主革命運動；辛亥革命後又聯絡軍閥張勳扶植清廢帝溥儀復辟。

⑥　「祝福」　舊時江南一帶每年年終的一種迷信習俗。清代范寅《越諺·風俗》載：「祝福，歲暮謝年，謝神祖，名此。」

⑦　朱拓　用銀朱等紅顏料從碑刻上拓下的文字或圖形。

⑧　陳摶　據《宋史·隱逸列傳》載：陳摶是五代時人，因科舉不第，先後隱居武當山和華山修道。後人把他附會爲「神仙」。

⑨　「事理通達心氣和平」　語出朱熹《論語集注》。朱熹在《季氏》篇中「不學詩無以言」和「不學禮無以立」語下分別注云：「事理通達而心氣和平，故能言」；「品節詳明而德性堅定，故能立」。

⑩　《康熙字典》　清代康熙年間張玉書、陳廷敬等奉旨編纂的一部大型字典，康熙五十五年（1716）刊行。下文的《近思錄》是一部所謂理學入門書，宋代朱熹、呂祖謙選錄周敦頤、顥、程頤以及張載四人的文字編成，共十四卷。清初茅星來和江永分別爲它作過集注。《四書襯》是一部解說「四書」（《論語》、《孟子》、《大學》、《中庸》）的書，清代駱培著。

⑪ 「鬼神者二氣之良能也」　語見宋代張載的《張子全書‧正蒙》，也見《近思錄》。意思是：鬼神是陰陽二氣自然變化而成的。

⑫ 無常　佛家語。原指世間一切事物都在變異滅壞的過程中，後引申爲死的意思，也作迷信傳說中「勾魂使者」的名稱。

⑬ 八十千　舊時以一千文錢爲一貫或一吊，所以幾千文錢也稱爲幾貫或幾吊，但也有些地方直稱爲多少千。八十千即八十吊。

⑭ 善女人　佛家語。指信佛的女人。

⑮ 廟祝　舊時廟宇中管理香火的人。

⑯ 鷹洋　指墨西哥銀元，幣面鑄有鷹的圖案。鴉片戰爭後曾大量流入我國。

⑰ 炮烙　亦作炮格，相傳爲殷紂王時的一種酷刑。據《史記‧殷本記》裴駰集解引《列女傳》：「膏銅柱，下加之炭，令有罪者行焉，輒墮炭中，妲己笑，名曰炮格之刑。」

— 35 —

在酒樓上 ①

我從北地向東南旅行，繞道訪了我的家鄉，就到S城。這城離我的故鄉不過三十里，坐了小船，小半天可到，我曾在這裏的學校裏當過一年的教員。深冬雪後，風景淒清，懶散和懷舊的心緒聯結起來，我竟暫寓在S城的洛思旅館裏了；這旅館是先前所沒有的。城圈本不大，尋訪了幾個以爲可以會見的舊同事，一個也不在，早不知散到那裏去了；經過學校的門口，也改換了名稱和模樣，於我很生疏。不到兩個時辰，我的意興早已索然，頗悔此來爲多事了。

我所住的旅館是租房不賣飯的，飯菜必須另外叫來，但又無味，入口如嚼泥土。窗外只有漬痕班駁的牆壁，帖著枯死的莓苔；上面是鉛色的天，白皚皚的絕無精采，而且微雪又飛舞起來了。我午餐本沒有飽，又沒有可以消遣的事情，便很自然的想到先前有一家很熟識的小酒樓，叫一石居的，算來離旅館並不遠，我於是立即鎖了房門，出街向那酒樓去。其實也無非想姑且逃避客中的無聊，並不專爲買醉。一石居是在的，狹小陰濕的店面和破舊的招牌都依舊；但從掌櫃以至堂倌卻已沒有一個熟人，我在這一石居中也完全成了生客。然而我終於跨上那走熟的屋角的扶梯去了，由此徑到小樓上。上面也依然是五張小板桌；獨有原是木櫺的後窗卻換嵌了玻璃。

「一斤紹酒。——菜？十個油豆腐，辣醬要多！」

我一面說給跟我上來的堂倌聽，一面向後窗走，就在靠窗的一張桌旁坐下了。樓上「空空如也」，任我揀得最好的坐位：可以眺望樓下的廢園。這園大概是不屬於酒家的，我先前也曾眺望過許多回，有時也在雪天裏。但現在從慣於北方的眼睛看來，卻很值得驚異了：幾株老梅竟鬥雪開著滿樹的繁花，彷彿毫不以深冬為意；倒塌的亭子邊還有一株山茶樹，從暗綠的密葉裏顯出十幾朵紅花來，赫赫的在雪中明得如火，憤怒而且傲慢，如蔑視遊人的甘心於遠行。我這時又忽地想到這裏積雪的滋潤，著物不去，晶瑩有光，不比朔雪的粉一般乾，大風一吹，便飛得滿空如煙霧。……

「客人，酒。……」

堂倌懶懶的說著，放下杯，筷，酒壺和碗碟，酒到了。我轉臉向了板桌，排好器具，斟出酒來。覺得北方固不是我的舊鄉，但南來又只能算一個客子，無論那邊的乾雪怎樣紛飛，這裏的柔雪又怎樣的依戀，於我都沒有什麼關係了。我略帶些哀愁，然而很舒服的呷一口酒。酒味很純正；油豆腐也煮得十分好，可惜辣醬太淡薄，本來S城人是不懂得吃辣的。

大概是因為正在下午的緣故罷，這雖說是酒樓，卻毫無酒樓氣，我已經喝下三杯酒去了，而我以外還是四張空板桌。我看著廢園，漸漸的感到孤獨，但又不願有別的酒客上來。偶然聽得樓梯上腳步響，便不由的有些懊惱，待到看見是堂倌，才又安心了，這樣的又喝了兩杯酒。

我想，這回定是酒客了，因為聽得那腳步聲比堂倌的要緩得多。約略料他走完了樓梯的時候，我便害怕似的抬頭去看這無干的同伴，同時也就吃驚的站起來。——假如他現在還許我稱他為朋友。那上來的分明是我的舊同窗，也是做教員時代的舊同事，面貌雖然頗有些改變，但一見也就認識，獨有行動卻變得格外迂緩，很不像當年敏捷精悍的呂緯甫了。

「阿，——緯甫，是你麼？我萬想不到會在這裏遇見你。」

「阿阿，是你？我也萬想不到……」

我就邀他同坐，但他似乎略略躊躇之後，方才坐下來。我起先很以為奇，接著便有些悲傷，而且不快了。細看他相貌，也還是亂蓬蓬的鬚髮；蒼白的長方臉，然而衰瘦了。精神很沉靜，或者卻是頹唐，又濃又黑的眉毛底下的眼睛也失了精采，但當他緩緩的四顧的時候，卻對廢園忽地閃出我在學校時代常常看見的射人的光來。

「我們，」我高興的，然而頗不自然的說，「我們這一別，怕有十年了罷。我早知道你在濟南，可是實在懶得太難，終於沒有寫一封信。……」

「彼此都一樣。可是現在我在太原了，已經兩年多，和我的母親。我回來接她的時候，知道你早搬走了，搬得很乾淨。」

「你在太原做什麼呢？」我問。

「教書，在一個同鄉的家裏。」

「這以前呢？」

「這以前麼？」他從衣袋裏掏出一支煙卷來，點了火銜在嘴裏，看著噴出的煙霧，沉思似的說：「無非做了些無聊的事情，等於什麼也沒有做。」

他也問我別後的景況；我一面告訴他一個大概，一面叫堂倌先取杯筷來，使他先喝著我的酒，然後再去添二斤。其間還點菜，我們先前原是毫不客氣的，但此刻卻推讓起來了，終於說不清那一樣是誰點的，就從堂倌的口頭報告上指定了四樣菜：茴香豆、凍肉、油豆腐、青魚乾。

「我一回來，就想到我可笑。」他一手擎著煙卷，一隻手扶著酒杯，似笑非笑的向我說。「我在少年時，看見蜂子或蠅子停在一個地方，給什麼來一嚇，即刻飛去了，但是飛了一個小圈子，便又回來停在原地點，便以為這實在很可笑，也可憐。可不料現在我自己也飛回了，不過繞了一點小圈子。又不料你也回來了。你不能飛得更遠些麼？」

「這難說，大約也不外乎繞點小圈子罷。」我也似笑非笑的說。「但是你為什麼飛回來的呢？」

「也還是為了無聊的事。」他一口喝乾了一杯酒，吸幾口煙，眼睛略為張大了。「無聊的。——但是我們就談談罷。」

堂倌搬上新添的酒菜來，排滿了一桌，樓上又添了煙氣和油豆腐的熱氣，彷彿熱鬧起來了；樓外的雪也越加紛紛的下。

「你也許本來知道，」他接著說，「我曾經有一個小兄弟，是三歲上死掉的，就葬在這鄉下。我連他的模樣都記不清楚了，但聽母親說，是一個很可愛念的孩子，和我也很相投，至今她提起來還似乎要下淚。今年春天，一個堂兄就來了一封信，說他的墳邊已經漸漸的浸了水，不久怕要陷入河裏去了，須得趕緊去設法。母親一知道就很著急，幾乎幾夜睡不著，──她又自己能看信的。然而我能有什麼法子呢？沒有錢，沒有工夫：當時什麼法也沒有。

「一直挨到現在，趁著年假的閒空，我才得回南給他來遷葬。」他又喝乾一杯酒，看著窗外，說，「這在那邊那裏能如此呢？積雪裏會有花，雪地下會不凍。就在前天，我在城裏買了一口小棺材，──因為我預料那地下的應該早已朽爛了，──帶著棉絮和被褥，雇了四個土工，下鄉遷葬去。我當時忽而很高興，願意掘一回墳，願意一見我那曾經和我很親睦的小兄弟的骨殖：這些事我生平都沒有經歷過。到得墳地，果然，河水只是咬進來，離墳已不到二尺遠。可憐的墳，兩年沒有培土，也平下去了。我站在雪中，決然的指著他對土工說，『掘開來！』我實在是一個庸人，我這時覺得我的聲音有些稀奇，這命令也是一個在我一生中最為偉大的命令。但土工們卻毫不駭怪，就動手掘下去了。待到掘著壙穴，我便過去看，果然，棺木

── 41 ──

已經快要爛盡了，只剩下一堆木絲和小木片。我的心顫動著，自去撥開這些，很小心的，要看一看我的小兄弟，然而出乎意外！被褥，衣服，骨骼，什麼也沒有。我想，這些都消盡了，向來聽說最難爛的是頭髮，也許還有罷。我便伏下去，在該是枕頭所在的泥土裏仔仔細細的看，也沒有。蹤影全無！」

我忽而看見他眼圈微紅了，但立即知道是有了酒意。他總不很吃菜，單是把酒不停的喝，早喝了一斤多，神情和舉動都活潑起來，漸近於先前所見的呂緯甫了，我叫堂倌再添二斤酒，然後回轉身，也拿著酒杯，正對面默默的聽著。

「其實，這本已可以不必再遷，只要平了土，賣掉棺材，就此完事了的。我去賣棺材雖然有些離奇，但只要價錢極便宜，原舖子就許要，至少總可以撈回幾文酒錢來。但我不這樣，我仍然舖好被褥，用棉花裹了些他先前身體所在的地方的泥土，包起來，裝在新棺材裏，運到我父親埋著的墳地上，在他墳旁埋掉了。因為外面用磚砌，昨天又忙了我大半天：監工。但這樣總算完結了一件事，足夠去騙騙我的母親，使她安心些」。——阿阿，你這樣的看我，你怪我何以和先前太不相同了麼？是的，我也還記得我們同到城隍②廟裏去拔掉神像的鬍子的時候，連日議論些改革中國的方法以至於打起來的時候。但我現在就是這樣了，敷敷衍衍，模模糊糊。我有時自己也想到，倘若先前的朋友看見我，怕會不認我做朋友了。——然而我現在就是這樣。」

他又掏出一支煙卷來，銜在嘴裏，點了火。

「看你的神情，你似乎還有些期望我，——我現在自然麻木得多了，但是有些事也還看得出。這使我很感激，然而也使我很不安。怕我終於辜負了至今還對我懷著好意的老朋友⋯⋯」他忽而停住了，吸幾口煙，才又慢慢的說，「正在今天，剛在我到這一石居來之前，也就做了一件無聊事，然而也是我自己願意做的。我先前的東邊的鄰居叫長富，是一個船戶。他有一個女兒叫阿順，你那時到我家裏來，也許見過的，但你一定沒有留心，因為那時她還小。後來她也長得並不好看，不過是平常的瘦瘦的瓜子臉，黃臉皮；獨有眼睛非常大，睫毛也很長，眼白又青得如夜的晴天，而且是北方的無風的晴天，這裏的就沒有那麼明淨了。她很能幹，十多歲沒了母親，招呼兩個小弟妹都靠她，又得服侍父親，事事都周到；也經濟，家計倒漸漸的穩當起來了。鄰居幾乎沒有一個不誇獎她，連長富也時常說些感激的話。這一次我動身回來的時候，我的母親又記得她了，老年人記性真長久。她說她曾經知道順姑因為看見誰的頭上戴著紅的剪絨花，自己也想有一朵，弄不到，哭了，哭了小半夜，就挨了她父親的一頓打，後來眼眶還紅腫了兩三天。這種剪絨花是外省的東西，Ｓ城裏尚且買不出，她那裏想得到手呢？趁我這一次回南的便，便叫我買兩朵去送她。

「我對於這差使倒並不以為煩厭，反而很喜歡；為阿順，我實在還有些願意出力的意思的。前年，我回來接我母親的時候，有一天，長富正在家，不知怎的我和他閒談起來了。他便

要請我吃點心，蕎麥粉，並且告訴我所加的是白糖。你想，家裏能有白糖的船戶，可見決不是一個窮船戶了，所以他也吃得很闊綽。我被勸不過，答應了，但要求只要用小碗。他也很識世故，便囑咐阿順說，『他們文人，是不會吃東西的。你就用小碗，多加糖！』然而等到調好端來的時候，仍然使我吃一嚇，是一大碗，足夠我吃一天。但是和長富吃的一碗比起來，我的也確乎算小碗。我生平沒有吃過蕎麥粉，這回一嘗，實在不可口，卻是非常甜。我漫然的吃了幾口，就想不吃了，然而無意中，忽然間看見阿順遠遠的站在屋角裏，就使我立刻消失了放下筷的勇氣。我看她的神情，是害怕而且希望，大約怕自己調得不好，願我們吃得有味，我知道如果剩下大半碗來，而使她很失望，而且很抱歉。我於是同時決心，放開喉嚨灌下去了，幾乎吃得和長富一樣快。我由此才知道硬吃的苦痛，我只記得還做孩子時候的吃盡一碗拌著驅除蛔蟲藥粉的沙糖才有這樣難。然而我毫不抱怨，因為她過來收拾空碗時候的忍著的得意的笑容，已盡夠賠償我的苦痛而有餘了。所以我這一夜雖然飽脹得睡不穩，又做了一大串惡夢，也還是祝贊她一生幸福，願世界為她變好。然而這些意思也不過是我的那些舊日的夢的痕跡，即刻就自笑，接著也就忘卻了。

「我先前並不知道她曾經為了一朵剪絨花挨打，但因為母親一說起，便也記得了蕎麥粉的事，意外的勤快起來了。我先在太原城裏搜求了一遍，都沒有；一直到濟南……」

窗外沙沙的一陣聲響，許多積雪從被他壓彎了的一枝山茶樹上滑下去了，樹枝筆挺的伸

44

直，更顯出烏油油的肥葉和血紅的花來。天空的鉛色來得更濃，小鳥雀啾唧的叫著，大概黃昏將近，地面又全罩了雪，尋不出什麼食糧，都趕早回巢來休息了。

「一直到了濟南，」他向窗外看了一回，轉身喝乾一杯酒，又吸幾口煙，接著說。「我才買到剪絨花。我也不知道使她挨打的是不是這一種，總之是絨做的罷了。我也不知道她喜歡深色還是淺色，就買了一朵大紅的，一朵粉紅的，都帶到這裏來。

「就是今天午後，我一吃完飯，便去看長富，我為此特地耽擱了一天。他的家倒還在，只是看去很有些晦色了，但這恐怕不過是我自己的感覺。他的兒子和第二個女兒——阿昭，都站在門口，大了。阿昭長得全不像她姊姊，簡直像一個鬼，但是看見我走向她家，便飛奔的逃進屋裏去。我就問那小子，知道長富不在家。『你的大姊呢？』他立刻瞪起眼睛，連聲問我尋她什麼事，而且惡狠狠的似乎就要撲過來咬我。我支吾著退走了，我現在是敷敷衍衍……。

「你不知道，我可是比先前更怕去訪人了。因為我已經深知道自己之討厭，連自己也討厭，又何必明知故犯的去使人暗暗地不快呢？然而這回的差使是不能不辦妥的，所以想了一想，終於回到就在斜對門的柴店裏。店主的母親，老發奶奶，倒也還在，而且也還認識我，居然將我邀進店裏坐去了。我們寒暄幾句之後，我就說明了回到Ｓ城和尋長富的緣故。不料她嘆息說：

『可惜順姑沒有福氣戴這剪絨花了。』

「她於是詳細的告訴我，說是『大約從去年春天以來，她就見得黃瘦，後來忽而常常下淚了，問她緣故又不說；有時還整夜的哭，哭得長富也忍不住生氣，罵她年紀大了，發了瘋。可是一到秋初，起先不過小傷風，終於躺倒了，從此就起不來。直到咽氣的前幾天，才肯對長富說，她早就像她母親一樣，不時的吐紅和流夜汗。但是瞞著，怕他因此要擔心。有一夜，她的伯伯長庚又來硬借錢——這是常有的事——她不給，長庚就冷笑著說：你不要驕氣，你的男人比我還不如！她從此就發了愁，又怕羞，不好問，只好哭。長富趕緊將她的男人怎樣的爭氣的話說給她聽，那裏還來得及？況且她也不信，反而說：好在我已經這樣，什麼也不要緊了。』

「她還說，『如果她的男人真比長庚不如，那就真可怕呵！比不上一個偷雞賊，那是什麼東西呢？然而他來送殮的時候，我是親眼看見他的，衣服很乾淨，人也體面；還眼淚汪汪的說，自己撐了半世小船，苦熬苦省的積起錢來聘了一個女人，偏偏又死掉了。可見他實在是一個好人，長庚說的全是誑。只可惜順姑竟會相信那樣的賊骨頭的誑話，白送了性命。——但這也不能去怪誰，只能怪順姑自己沒有這一份好福氣。』」

「那倒也罷，我的事情又完了。但是帶在身邊的兩朵剪絨花怎麼辦呢？好，我就託她送了阿昭。這阿昭一見我就飛跑，大約將我當作一隻狼或是什麼，我實在不願意去送她。——但

是我也就送她了，母親只要說阿順見了喜歡的了不得就是。這些無聊的事算什麼？只要模模糊糊。模模糊糊的過了新年，仍舊教我的『子曰詩云』去。」

「你教的是『子曰詩云』麼？」我覺得奇異，便問。

「自然。你還以為教的是ＡＢＣＤ麼？我先是兩個學生，一個讀《詩經》③，一個讀《孟子》④。新近又添了一個，女的，讀《女兒經》⑤。連算學也不教，不是我不教，他們不要教。」

「我實在料不到你倒去教這類的書，……」

「他們的老子要他們讀這些，我是別人，無乎不可的。這些無聊的事算什麼？只要隨隨便便，……」

他滿臉已經通紅，似乎很有些醉，但眼光卻又消沉下去了。我微微的嘆息，一時沒有話可說。樓梯上一陣亂響，擁上幾個酒客來：當頭的是矮子，臃腫的圓臉；第二個是長的，在臉上很惹眼的顯出一個紅鼻子；此後還有人，一疊連的走得小樓都發抖。我轉眼去看呂緯甫，他也正轉眼來看我，我就叫堂倌算酒賬。

「你借此還可以支持生活麼？」我一面準備走，一面問。

「是的。——我每月有二十元，也不大能夠敷衍。」

「那麼，你以後預備怎麼辦呢？」

— 47 —

「以後？——我不知道。你看我們那時預想的事可有一件如意？我現在什麼也不知道，連明天怎樣也不知道，連後一分……」

堂倌送上賬來，交給我；他也不像初到時候的謙虛了，只向我看了一眼，便吸煙，聽憑我付了賬。

我們一同走出店門，他所住的旅館和我的方向正相反，就在門口分別了。我獨自向著自己的旅館走，寒風和雪片撲在臉上，倒覺得很爽快。見天色已是黃昏，和屋宇和街道都織在密雪的純白而不定的羅網裏。

一九二四年二月一六日

注釋

① 本篇最初發表於一九二四年五月十日上海《小說月報》第十五卷第五號。

② 城隍　迷信中主管城池的神。

③ 《詩經》　我國最早的詩歌總集，共三百零五篇，編成於春秋時代，大抵是周初到春秋中期的作品，相傳曾經孔丘刪定。

④ 《孟子》　記載戰國中期儒家學派代表人物孟軻（約公元前390-前305）的言行的書，由他的弟子

纂輯而成。

⑤《女兒經》　一種向婦女宣傳封建禮教的通俗讀物。版本較多，作者不一，較流行的有明代趙南星注刻本。

幸福的家庭①

—— 擬許欽文

「……做不做全由自己的便；那作品，像太陽的光一樣，從無量的光源中湧出來，不像石火，用鐵和石敲出來，這才是真藝術。那作者，也才是真的藝術家。—— 而我，……這算是什麼？……」他想到這裏，忽然從床上跳起來了。以先他早已想過，須得撈幾文稿費維持生活了；投稿的地方，先定為幸福月報社，因為潤筆似乎比較的豐。但作品就須有範圍，否則，恐怕要不收的。範圍就範圍，……現在的青年的腦裏的大問題是？……大概很不少，或者有許多是戀愛，婚姻，家庭之類罷。……是的，他們確有許多人煩悶著，正在討論這些事②。那麼，就來做家庭。然而怎麼做呢？……否則，恐怕要不收的，何必說些背時的話，然而……。他跳下臥床之後，四五步就走到書桌面前，坐下去，抽出一張綠格紙，毫不遲疑，但又自暴自棄似的寫下一行題目道：《幸福的家庭》。

他的筆立刻停滯了；他仰了頭，兩眼瞪著房頂，正在安排那安置這「幸福的家庭」的地方。他想：「北京？不行，死氣沉沉，連空氣也是死的。假如在這家庭的周圍築一道高牆，難道空氣也就隔斷了麼？簡直不行！江蘇浙江天天防要開仗③；福建更無須說。四川，廣東？都正在打。山東河南之類？—— 阿阿，要綁票④的，倘使綁去一個，那就成為不幸的家庭

—— 51 —

了。上海天津的租界上房租貴，……假如在外國，笑話。雲南貴州不知道怎樣，但交通也太不便……」他想來想去，想不出好地方，便要假定為A了，但又想，「現有不少的人是反對用西洋字母來代人地名的⑤，說是要減少讀者的興味。我這回的投稿，似乎也不如不用，安全些。那麼，在那裏好呢？——湖南也打仗；大連仍然房租貴；察哈爾⑥，吉林，黑龍江罷，——聽說有馬賊，也不行！……」他又想來想去，又想不出好地方，於是終於決心，假定這「幸福的家庭」所在的地方叫作A。

「總之，這幸福的家庭一定須在A，無可磋商。家庭中自然是兩夫婦，就是主人和主婦，自由結婚的。他們訂有四十多條條約，非常詳細，所以非常平等，十分自由。而且受過高等教育，優美高尚……。東洋留學生已經不通行，——那麼，假定為西洋留學生罷。主人始終穿洋服，硬領始終雪白；主婦是前頭的頭髮始終燙得蓬蓬鬆鬆像一個麻雀窠，牙齒是始終雪白的露著，但衣服卻是中國裝，……」

「不行不行，那不行！二十五斤！」

他聽得窗外一個男人的聲音，不由的回過頭去看，窗幔垂著，日光照著，明得眩目，他的眼睛昏花了；接著是小木片撒在地上的聲響。「不相干，」他又回過頭來想，「什麼『二十五斤』？——他們是優美高尚，很愛文藝的。但因為都從小生長在幸福裏，所以不愛俄國的小說……。俄國小說多描寫下等人，實在和這樣的家庭也不合。『二十五斤』？不管他。

那麼，他們看什麼書呢？——裴倫⑦的詩？吉支的？不行，都不穩當。——哦，有了，他們都愛看《理想之良人》⑧。我雖然沒有見過這部書，但既然連大學教授也那麼稱讚他，想來他們也一定都愛看，你也看，我也看，——他們一人一本，這家庭裏一共有兩本，……」他覺得胃裏有點空虛了，放下筆，用兩隻手支著頭，教自己的頭像地球儀似的在兩個柱子間掛著。

「……他們兩人正在用午餐，」他想，「桌上舖了雪白的布；廚子送上菜來，——中國菜。什麼『二十五斤』？不管他。為什麼倒是中國菜？西洋人說，中國菜最進步，最好吃，最合於衛生⑨：所以他們採用中國菜。送來的是第一碗，但這第一碗是什麼呢？……」

「劈柴，……」

他吃驚的回過頭去看，靠左肩，便立著他自己家裏的主婦，兩隻陰淒淒的眼睛恰恰釘住他的臉。

「什麼？」他以為她來攪擾了他的創作，頗有些憤怒了。

「劈柴，都用完了，今天買了些。前一回還是十斤兩吊四，今天就要兩吊六。我想給他兩吊五，好不好？」

「好好，就算他兩吊五。」

「稱得太吃虧了。他一定只肯算二十四斤半；我想就算他二十三斤半，好不好？」

「好好，就算他二十三斤半。」

— 53 —

「那麼，五五二十五，三五一十五，……」

「五吊八！」

「唔唔，五五二十五，三五一十五，……」他也說不下去了，停了一會，忽而奮然的抓起筆來，就在寫著一行「幸福的家庭」的綠格紙上起算草，起了好久，這才仰起頭來說道：

「那是，我這裏不夠了，還差八九個……。」

他抽開書桌的抽屜，一把抓起所有的銅元，不下二三十，放在她攤開的手掌上，看她出了房，才又回過頭來向書桌。他覺得頭裏面很脹滿，似乎椏椏叉叉的全被木柴填滿了，五五二十五，腦皮質上還印著許多散亂的亞剌伯數目字。他很深的吸一口氣，又用力的呼出，彷彿要借此趕出腦裏的劈柴，五五二十五和亞剌伯數字來。果然，呼氣之後，心地也就輕鬆不少了，於是仍復恍恍惚惚的想——

「什麼菜？菜倒不妨奇特點。滑溜里脊，蝦子海參，實在太凡庸。我偏要說他們吃的是『龍虎鬥』。但『龍虎鬥』又是什麼呢？有人說是蛇和貓，是廣東的貴重菜，非大宴會不吃的。但我在江蘇飯館的菜單上就見過這名目，江蘇人似乎不吃蛇和貓，恐怕就如所說，是蛙和鱔魚了。現在假定這主人和主婦為那裏人呢？——不管他。總而言之，無論那裏人吃一碗蛇和貓或者蛙和鱔魚，於幸福的家庭是決不會有損傷的。總之這第一碗一定是『龍虎鬥』，無可磋商。

「於是一碗『龍虎鬥』擺在桌子中央了，他們兩人同時捏起筷子，指著碗沿，笑瞇瞇的

你看我，我看你……。

「『My dear,please.』

「『Please you eat first,my dear.』

「『Oh no,please you!』⑩

「於是他們同時伸下筷子去，同時夾出一塊蛇肉來，——不不，蛇肉究竟太奇怪，還不如

說是鱔魚罷。那麼，這碗『龍虎鬥』是蛙和鱔魚所做的了。他們同時夾出一塊鱔魚來，一樣大

小，五五二五，三五……不管他，同時放進嘴裏去，……」他不能自制的只想回過頭去看，

因為他覺得背後很熱鬧，有人來來往往的走了兩三回。但他還熬著，亂嘈嘈的接著想，「這

似乎有點肉麻，那有這樣的家庭？唉唉，我的思路怎麼會這樣亂，這好題目怕是做不完篇的

了。——或者不必定用留學生，就在國內受了高等教育的也可以。他們都是大學畢業的，高尚

優美，高尚……。男的是文學家；女的也是文學家，或者文學崇拜家。或者女的是詩人；男的

是詩人崇拜者，女性尊重者。或者……」他終於忍耐不住，回過頭去了。

就在他背後的書架的旁邊，已經出現了一座白菜堆，下層三株，中層兩株，頂上一株，

向他疊成一個很大的 A 字。

「唉唉！」他吃驚的嘆息，同時覺得臉上驟然發熱了，脊梁上還有許多針輕輕的刺著。

「吁……。」他很長的噓一口氣，先斥退了脊梁上的針，仍然想，「幸福的家庭的房子要寬

綽。有一間堆積房，白菜之類都到那邊去。主人的書房另一間，靠壁滿排著書架，那旁邊

自然決沒有什麼白菜堆；架上滿是中國書、外國書，《理想之良人》自然也在內，——一共

有兩部。臥室又一間；黃銅床，或者質樸點，第一監獄工場做的榆木床也就夠，床底下很乾

淨，……」他當即一瞥自己的床下，劈柴已經用完了，只有一條稻草繩，卻還死蛇似的懶懶的

躺著。

「二十三斤半，……」他覺得劈柴就要向床下「川流不息」的進來，頭裏面又有些榰榰

叉叉了，便急忙起立，走向門口去想關門。但兩手剛觸著門，卻又覺得未免太暴躁了，就歇了

手，只放下那積著許多灰塵的門幕。他一面想，這既無閉關自守之操切，也沒有開放門戶之不

安……是很合於「中庸之道」⑪的。

「……所以主人的書房門，永遠是關起來的。」他走回來，坐下，想，「有事要商量先敲

門，得了許可才能進來，這辦法實在對。現在假如主人坐在自己的書房裏，主婦來談文藝，

也就先敲門。——這可以放心，她必不至於捧著白菜的。

『Come in,please,my dear.』⑫

「然而主人沒有工夫談文藝的時候怎麼辦呢？那麼，不理她，聽她站在外面老是剝剝的

敲？這大約不行罷。或者《理想之良人》裏面都寫著，——那恐怕確是一部好小說，我如果有

了稿費，也得去買他一部來看看……。」

拍！

他腰骨筆直了，因爲他根據經驗，知道這一聲「拍」是主婦的手掌打在他們的三歲的女兒的頭上的聲音。

他腰骨筆直了，因爲他根據經驗，知道這一聲「拍」是主婦的手掌打在他們的三歲的女兒的頭上的聲音。

「幸福的家庭，……」他聽到孩子的嗚咽了，但還是腰骨筆直的想，「孩子是生得遲的，生得遲。或者不如沒有，兩個人乾乾淨淨。——或者不如住在客店裏，什麼都包給他們，一個人乾乾……」他聽得嗚咽聲高了起來，也就站了起來，鑽過門幕，想著，「馬克思在兒女的啼哭聲中還會做《資本論》，所以他是偉人，……」走出外間，開了風門，聞得一陣煤油氣。孩子就躺倒在門的右邊，臉向著地，一見他，便「哇」的哭出來了。

「阿阿，好好，莫哭莫哭，我的好孩子。」他彎下腰去抱她。

他抱了她回轉身，看見門左邊還站著主婦，也是腰骨筆直，然而兩手插腰，怒氣沖沖的似乎預備開始練體操。

「連你也來欺侮我！不會幫忙，——連油燈也要翻了它。晚上點什麼？……」

「阿阿，好好，莫哭莫哭，」他把那些發抖的聲音放在腦後，抱她進房，摩著她的頭，說，「我的好孩子。」於是放下她，拖開椅子，坐下去，使她站在兩膝的中間，擎起手來道，

「莫哭了呵，好孩子。爹爹做『貓洗臉』給你看。」他同時伸長頸子，伸出舌頭，遠遠的對著

— 57 —

手掌舐了兩舐，就用這手掌向了自己的臉上畫圓圈。

「呵呵呵，花兒。」她就笑起來了。

「是的是的，花兒。」他又連畫上幾個圓圈，這才歇了手，只見她還是笑瞇瞇的掛著眼淚對他看。他忽而覺得，她那可愛的天真的臉，正像五年前的她的母親，通紅的嘴唇尤其像，不過縮小了輪廓。那時也是晴朗的多天，她聽得他說決計反抗一切阻礙，為她犧牲的時候，也就這樣笑瞇瞇的掛著眼淚對他看。他惘然的坐著，彷彿有些醉了。

「阿阿，可愛的嘴唇……」他想。

門幕忽然掛起。劈柴運進來了。

他也忽然驚醒，一定睛，只見孩子還是掛著眼淚，而且張開了通紅的嘴唇對他看。「嘴唇……」他向旁邊一瞥，劈柴正在進來，「……恐怕將來也就是五五二十五，九九八十一！……而且兩隻眼睛陰淒淒的……。」他想著，隨即粗暴的抓起那寫著一行題目和一堆算草的綠格紙來，揉了幾揉，又展開來給她拭去了眼淚和鼻涕。「好孩子，自己玩去罷。」他一面推開她，說；一面就將紙團用力的擲在紙簍裏。

但他又立刻覺得對於孩子有些抱歉了，重復回頭，目送著她獨自營營的出去；耳朵裏聽得木片聲。他想要定一定神，便又回轉頭，閉了眼睛，息了雜念，平心靜氣的坐著。他看見眼前浮出一朵扁圓的烏花，橙黃心，從左眼的左角飄到右，消失了；接著一朵明綠花，墨綠色的

心；接著一座六株的白菜堆，屹然的向他疊成一個很大的Ａ字。

一九二四年二月一八日

注釋

① 本篇最初發表於一九二四年三月一日上海《婦女雜誌》月刊第十卷第三號。發表時篇末有如下的《附記》：「我於去年在《晨報副刊》上看見許欽文君的《理想的伴侶》的時候，就忽而想到這一篇的大意，且以爲倘用了他的筆法來寫，倒是很合式的；然而也不過單是這樣想。到昨天，又忽而想起來，於是就這樣的寫下來了。只是到末後，又似乎漸漸地出了軌，因爲過於沉悶些。我覺得他的作品的收束，大抵是不至於如此沉悶的。但就大體而言，也仍然不能說不是『擬』。二月十八日燈下，在北京記。」

許欽文　浙江紹興人，當時的青年作家，著有短篇小說集《故鄉》等。他的《理想的伴侶》是因一九二三年八月《婦女雜誌》第九卷第八號刊出的「我之理想的配偶」徵文啓事而寫的一篇諷刺小說，載於同年九月九日北京《晨報副刊》。

② 指當時一些報刊關於戀愛、婚姻、家庭問題的討論。如一九二三年五、六月間《晨報副刊》進行的「愛情定則」的討論；《婦女雜誌》關於理想配偶的徵文以及出版「配偶選擇號」（第九卷第

十一號）等。

③ 關於江浙等地的戰爭，當指江蘇軍閥齊燮元與浙江軍閥盧永祥的對峙；直系軍閥孫傳芳與福建軍閥王永泉等人的戰爭；四川軍閥楊森對熊克武的戰爭；廣東軍閥陳炯明與桂系、滇系軍閥的戰爭；湖南趙恆惕對譚延闓的戰爭。

④ 綁票　舊時盜匪把人劫走，強迫被劫持者的親屬出錢贖買，這種行為稱為綁票。當時山東、河南是土匪頭子孫美瑤、「老洋人」等活動的地區，經常發生這類事件。

⑤ 關於羅馬字母代替小說中人名地名問題，一九二三年六月至九月間《晨報副刊》上曾有過爭論。八月二十六日該刊所載鄭兆松的《羅馬字母問題的小小結束》認為：「小說裡羼用些羅馬字母，不認識羅馬文字的大多數民眾看來，就會產生出一種厭惡的情感，至少，也足以減少它們的普遍性。」

⑥ 察哈爾　指當時的察哈爾特別區。一九二八年改設省。一九五二年撤銷，分別併入河北、山西兩省和內蒙古自治區。

⑦ 裴倫（G. G. Byron, 1788-1824）　通譯拜倫，英國浪漫主義詩人。著有長詩《唐·璜》、詩劇《曼佛雷特》等。吉支（J. Keats, 1795-1821），通譯濟慈，英國浪漫主義詩人。著有《為和平而寫的十四行詩》、長詩《伊莎貝拉》等。

⑧ 《理想之良人》　即英國作家王爾德（1856-1900）的四幕劇《An Ideal Husband》。該劇在

「五四」前被譯成中文，曾連載於《新青年》第一卷第二、三、四、六號和第二卷第二號。

⑨ 關於西洋人稱讚中國菜，作者曾在《華蓋集續編・馬上支日記》中這樣說過：「近年嘗聽到本國人和外國人頌揚中國菜，說是怎樣可口，怎樣衛生，世界上第一，宇宙間第 n。但我實在不知道怎樣的是中國菜。我們有幾處是嚼蔥蒜和雜和麵餅，有幾處是用醋，辣椒，醃菜下飯；還有許多人是只能舐黑鹽，還有許多人是連黑鹽也沒得舐。中外人士以為可口，衛生，第一而第 n 的，當然不是這些；應該是闊人，上等人所吃的餚饌。」

⑩ 這三行英文的意思是：「我親愛的，請。」「你請先吃，我親愛的。」「不，你請！」

⑪ 「中庸之道」 儒家學說。據宋代朱熹《中庸章句集注》：「中者，不偏不倚，無過不及之名；庸，平常也。」

⑫ 這一行英文的意思是：「請進來，我親愛的。」

— 61 —

肥皂①

四銘太太正在斜日光中背著北窗和她八歲的女兒秀兒糊紙錠，忽聽得又重又緩的布鞋底聲響，知道四銘進來了，並不去看他，只是糊紙錠。但那布鞋底聲卻愈響愈逼近，覺得終於停在她的身邊了，於是不免轉過眼去看，只見四銘就在她面前聳肩曲背的狠命掏著布馬掛底下的袍子的大襟後面的口袋。

他好容易曲曲折折的匯出手來，手裏就有一個小小的長方包，葵綠色的，一徑遞給四太太。她剛接到手，就聞到一陣似橄欖非橄欖的說不清的香味，還看見葵綠色的紙包上有一個金光燦爛的印子和許多細簇簇的花紋。秀兒即刻跳過來要搶著看，四太太趕忙推開她。

「上了街？……」她一面看，一面問。

「唔唔。」他看著她手裏的紙包，說。

於是這葵綠色的紙包被打開了，裏面還有一層很薄的紙，也是葵綠色，揭開薄紙，才露出那東西的本身來，光滑堅致，也是葵綠色，上面還有細簇簇的花紋，而薄紙原來卻是米色的，似橄欖非橄欖的說不清的香味也來得更濃了。

「唉唉，這實在是好肥皂。」她捧孩子似的將那葵綠色的東西送到鼻子下面去，嗅著說。

「唔唔，你以後就用這個……。」

她看見他嘴裏這麼說，眼光卻射在她的脖子上，便覺得顴骨以下的臉上似乎有些熱。她有時自己偶然摸到脖子上，尤其是耳朵後，指面上總感著些粗糙，本來早就知道是積年的老泥，但向來倒也並不很介意。現在在他的注視之下，對著這葵綠異香的洋肥皂，可不禁臉上有些發熱了，而且這熱又不絕的蔓延開去，即刻一徑到耳根。她於是就決定晚飯後要用這肥皂來拚命的洗一洗。

「有些地方，本來單用皂莢子是洗不乾淨的。」她自對自的說。

「媽，這給我！」秀兒伸手來搶葵綠紙；在外面玩耍的小女兒招兒也跑到了。四太太趕忙推開她們，裹好薄紙，又照舊包上葵綠紙，欠過身去擱在洗臉臺上最高的一層格子上，看一看，翻身仍然糊紙錠。

「學程！」四銘記起了一件事似的，忽而拖長了聲音叫，就在她對面的一把高背椅子上坐下了。

「學程！」她也幫著叫。

「學程！」她停下糊紙錠，側耳一聽，什麼響應也沒有，又見他仰著頭焦急的等著，不禁很有些抱歉了，便盡力提高了喉嚨，尖利的叫：

「絟兒呀！」

— 64 —

這一叫確乎有效，就聽到皮鞋聲橐橐的近來，不一會，絆兒已站在她面前了，只穿短衣，肥胖的圓臉上亮晶晶的流著油汗。

「你在做什麼？怎麼爹叫也不聽見？」她譴責的說。

「我剛在練八卦拳②……。」他立即轉身向了四銘，筆挺的站著，看著他，意思是問他什麼事。

「學程，我就要問你：『惡毒婦』是什麼？」

「『惡毒婦』？……那是，『很凶的女人』罷？……」

「胡說！胡鬧！」四銘忽而怒得可觀。「我是『女人』麼？！」

學程嚇得倒退了兩步，站得更挺了。他雖然有時覺得他走路很像上臺的老生，卻從沒有將他當作女人看待，他知道自己答的很錯了。

「『惡毒婦』是『很凶的女人』，我倒不懂，得來請教你？——這不是中國話，是鬼子話，我對你說。這是什麼意思，你懂麼？」

「我，……我不懂。」學程更加局促起來。

「嚇，我白花錢送你進學堂，連這一點也不懂。虧煞你的學堂還誇什麼『口耳並重』，倒教得什麼也沒有。說這鬼話的人至多不過十四五歲，比你還小些呢，已經嘰嘰咕咕的能說了，你卻連意思也說不出，還有這臉說『我不懂』！——現在就給我去查出來！」

學程在喉嚨底裏答應了一聲「是」，恭恭敬敬的退出去了。

「這真叫作不成樣子，」過了一會，四銘又慷慨的說，「現在的學生是。其實，在光緒年間，我就是最提倡開學堂的③，可萬料不到學堂的流弊竟至於如此之大：什麼解放咧，自由咧，沒有實學，只會胡鬧。學程呢，爲他花了的錢也不少了，都白花。好容易給他進了中西折衷的學堂，英文又專是『口耳並重』的，你以爲這該好了罷，哼，可是讀了一年，連『惡毒婦』也不懂，大約仍然是念死書。嚇，什麼學堂，造就了些什麼？我簡直說：應該統統關掉！」

「對咧，真不如統統關掉的好。」四太太糊著紙錠，同情的說。

「秀兒她們也不必進什麼學堂了。『女孩子，念什麼書？』九公公先前這樣說，反對女學的時候，我還攻擊他呢；可是現在看起來，究竟是老年人的話對。你想，女人一陣一陣的在街上走，已經很不雅觀的了，她們卻還要剪頭髮。我最恨的就是那些剪了頭髮的女學生，我簡直說，軍人土匪倒還情有可原，攪亂天下的就是她們，應該很嚴的辦一辦……。」

「對咧，男人都像了和尙還不夠，女人又來學尼姑了。」

「學程！」

「學程！」

學程正捧著一本小而且厚的金邊書快步進來，便呈給四銘，指著一處說：

「這倒有點像。這個……。」

— 66 —

四銘接來看時，知道是字典，但文字非常小，又是橫行的。他眉頭一皺，擎向窗口，細著眼睛，就學程所指的一行念過去：

「『第十八世紀創立之共濟講社④之稱』。——唔，不對。——這聲音是怎麼念的？」他指著前面的「鬼子」字，問。

「惡特拂羅斯（Oddfellows）。」

「不對，不對，不是這個。」四銘又忽而憤怒起來了。「我對你說：那是一句壞話，罵人的話，罵我這樣的人的。懂了麼？查去！」

學程看了他幾眼，沒有動。

「這是什麼悶葫蘆，沒頭沒腦的？你也先得說說清，教他好用心的查去。」她看見學程為難，覺得可憐，便排解而且不滿似的說。

「就是我在大街上廣潤祥買肥皂的時候，」四銘呼出了一口氣，向她轉過臉去，說。「店裏又有三個學生在那裏買東西。我呢，從他們看起來，自然也怕太囉嗦一點罷。我一氣看了六七樣，都要四角多，沒有買；看一角一塊的，又太壞，沒有什麼香。我想，不如中通的好，便挑定了那綠的一塊，兩角四分。夥計本來是勢利鬼，眼睛生在額角上的，早就嘰著狗嘴的了；可恨那學生這壞小子又都擠眉弄眼的說著鬼話笑。後來，我要打開來看一看才付錢：洋紙包著，怎麼斷得定貨色的好壞呢。誰知道那勢利鬼不但不依，還蠻不講理，說了

— 67 —

許多可惡的廢話；壞小子們又附和著說笑。那一句是頂小的一個說的，而且眼睛看著我，他們就都笑起來了……可見一定是一句壞話。」他於是轉臉對著學程道，「你只要在『壞話類』裏去查去！」

學程在喉嚨底裏答應了一聲「是」，恭恭敬敬的退去了。

「他們還嚷什麼『新文化新文化』，『化』到這樣了，還不夠？」他兩眼盯著屋梁，盡自說下去。「學生也沒有道德，社會上也沒有道德，再不想點法子來挽救，中國這才真個要亡了。——你想，那多麼可嘆？……」

「什麼？」她隨口的問，並不驚奇。

「孝女。」他轉眼對著她，鄭重的說。——其實這樣的年紀，討飯是很不相宜的了，可是她還討飯。——和一個六七十歲的老的，白頭髮，眼睛是瞎的，坐在布店的簷下求乞。大家多說她是孝女，那老的是祖母。她只要討得一點什麼，便都獻給祖母吃，自己情願餓肚皮。可是這樣的孝女，有人肯布施麼？」他射出眼光來盯住她，似乎要試驗她的識見。

她不答話，也只將眼光盯住他，似乎倒是專等他來說明。

「哼，沒有。」他終於自己回答說。「我看了好半天，只見一個人給了一文小錢；其餘的圍了一大圈，倒反去打趣。還有兩個光棍，竟肆無忌憚的說：『阿發，你不要看得這

貨色髒。你只要去買兩塊肥皂來，咯支咯支遍身洗一洗，好得很哩！」哪，你想，這成什麼話？」

「哼，」她低下頭去了，久之，才又懶懶的問，「你給了錢麼？」

「我麼？——沒有。一兩個錢，是不好意思拿出去的。她不是平常的討飯，總得……。」

「嗡。」她不等說完話，便慢慢地站起來，走到廚下去。昏黃只顯得濃密，已經是晚飯時候了。

四銘也站起身，走出院子去。天色比屋子裏還明亮，學程就在牆角落上練習八卦拳：這是他的「庭訓」⑤，利用晝夜之交的時間的經濟法，學程奉行了將近大半年了。他讚許似的微微點一點頭，便反背著兩手在空院子裏來回的踱方步。不多久，那惟一的盆景萬年青的闊葉又已消失在昏暗中，破絮一般的白雲間閃出星點，黑夜就從此開頭。四銘當這時候，便也不由的感奮起來，彷彿就要大有所為，與周圍的壞學生以及惡社會宣戰。他意氣漸漸勇猛，腳步愈跨愈大，布鞋底聲也愈走愈響，嚇得早已睡在籠子裏的母雞和小雞也都唧唧足足的叫起來了。

堂前有了燈光，就是號召晚餐的烽火，闔家的人們便都齊集在中央的桌子周圍。燈在下橫；上首是四銘一人居中，也是學程一般肥胖的圓臉，但多兩撇細鬍子，在菜湯的熱氣裏，獨

據一面，很像廟裏的財神。左橫是四太太帶著招兒；右橫是學程和秀兒一列。碗筷聲雨點似的

響，雖然大家不言語，也就是很熱鬧的晚餐。

招兒帶翻了飯碗了，菜湯流得小半桌。四銘盡量的睜大了細眼睛瞪著她要哭，這才

收回眼光，伸筷自去夾那早先看中了的一個菜心去。可是菜心已經不見了，他左右一瞥，就發

見學程剛剛夾著塞進他張得很大的嘴裏去，他於是只好無聊的吃了一筷黃菜葉。

「學程，」他看著他的臉說，「那一句查出了沒有？」

「那一句？——那還沒有。」

「哼，你看，也沒有學問，也不懂道理，單知道吃！學學那個孝女罷，做了乞丐，還是

一味孝順祖母，自己情願餓肚子。但是你們這些學生那裏知道這些，肆無忌憚，將來只好像那

光棍⋯⋯。」

「想倒想著了一個，但不知可是。——我想，他們說的也許是『阿爾特膚爾』⑥。」

「哦哦，是的！就是這個！他們說的就是這樣一個聲音：『惡毒夫咧。』這是什麼意

思？你也就是他們這一黨⋯你知道的。」

「意思，——意思我不很明白。」

「胡說！瞞我。你們都是壞種！」

「『天不打吃飯人』，你今天怎麼盡鬧脾氣，連吃飯時候也是打雞罵狗的。他們小孩子

們知道什麼。」四太太忽而說。

「什麼?」四銘正想發話,但一回頭,看見她陷下的兩頰已經鼓起,而且很變了顏色,三角形的眼裏也發著可怕的光,便趕緊改口說,「我也沒有鬧什麼脾氣,我不過教學程應該懂事些。」

「他那裏懂得你心裏的事呢。」她可是更氣忿了。「他如果能懂事,早就點了燈籠火把,尋了那孝女來了。好在你已經給她買好了一塊肥皂在這裏,只要再去買一塊……」

「胡說!那話是那光棍說的。」

「不見得。只要再去買一塊,給她咯支咯支的遍身洗一洗,供起來,天下也就太平了。」

「什麼話?那有什麼相干?我因為記起了你沒有肥皂……」

「怎麼不相干?你是特誠買給孝女的,你咯支咯支的去洗去。我不配,我不要,我也不要沾孝女的光。」

「這真是什麼話?你們女人……」四銘支吾著,臉上也像程練了八卦拳之後似的流出油汗來,但大約大半也因為吃了太熱的飯。

「我們女人怎麼樣?我們女人,比你們男人好得多。你們男人不是罵十八九歲的女學生,就是稱讚十八九歲的女討飯:都不是什麼好心思。『咯支咯支』,簡直是不要臉!」

— 71 —

「我不是已經說過了？那是一個光棍……」

「四翁！」外面的暗中忽然起了極響的叫喊。

「道翁麼？我就來！」四銘知道那是高聲有名的何道統，便遇赦似的，也高興的大聲說。「學程，你快點燈照何老伯到書房去！」

學程點了燭，引著道統走進西邊的廂房裏，後面還跟著卜薇園。

「失迎失迎，對不起。」四銘還嚼著飯，出來拱一拱手，說。「就在舍間用便飯，何如？……」

「已經偏過了。」薇園迎上去，也拱一拱手，說。「我們連夜趕來，就為了那移風文社的第十八屆徵文題目，明天不是『逢七』麼？」

「哦！今天十六？」四銘恍然的說。

「你看，多麼糊塗！」道統大嚷道。

「那麼，就得連夜送到報館去，要他明天一準登出來。」

「文題我已經擬下了。你看怎樣，用得用不得？」道統說著，就從手巾包裹挖出一張紙條來交給他。

四銘踱到燭臺面前，展開紙條，一字一字的讀下去：

「『恭擬全國人民合詞籲請貴大總統特頒明令專重聖經崇祀孟母⑦以挽頹風而存國粹

— 72 —

文』。——好極好極。可是字數太多了罷？」

「不要緊的！」道統大聲說。「我算過了，還無須乎多加廣告費。但是詩題呢？」

「詩題麼？」四銘忽而恭敬之狀可掬了。「我倒有一個在這裏……孝女行。那是實事，應該表彰表彰她。我今天在大街上……」

「哦哦，那不行。」薇園連忙搖手，打斷他的話。「那是我也看見的。她大概是『外路人』，我不懂她的話，她也不懂我的話，不知道她究竟是那裏人。大家倒都說她是孝女；然而我問她可能做詩，她搖頭。要是能做詩，那就好了。」

「然而忠孝是大節，不會做詩也可以將就……。」

「那倒不然，而孰知不然！」薇園攤開手掌，向四銘連搖帶推的奔過去，力爭說。「要會做詩，然後有趣。」

「我們，」四銘推開他，「就用這個題目，加上說明，登報去。一來可以表彰表彰她；二來可以借此針砭社會。現在的社會還成個什麼樣子，我從旁考察了好半天，竟不見有什麼人給一個錢，這豈不是全無心肝……」

「阿呀，四翁！」薇園又奔過來，「你簡直是在『對著和尚罵賊禿』了。我就沒有給錢，我那時恰恰身邊沒有帶著。」

「不要多心，薇翁。」四銘又推開他，「你自然在外，又作別論。你聽我講下去……她們

— 73 —

面前圍了一大群人，毫無敬意，只是打趣。還有兩個光棍，那是更其肆無忌憚了，有一個簡直

說，「阿發，你去買兩塊肥皂來，咯支咯支遍身洗一洗，好得很哩。」你想，這……」

「哈哈哈！兩塊肥皂！」道統的響亮的笑聲突然發作了，震得人耳朵喤喤的叫。「你

買，哈哈，哈哈！」

「道翁，道翁，你不要這麼嚷。」四銘吃了一驚，慌張的說。

「咯支咯支，哈哈！」

「道翁！」四銘沉下臉來了，「我們講正經事，你怎麼只胡鬧，鬧得人頭昏。你聽，我們就用這兩個題目，即刻送到報館去，要他明天一準登出來。這事只好偏勞你們兩位了。」

「可以可以，那自然。」薇園極口應承說。

「呵呵，洗一洗，咯支……唏唏……」

「道翁!!!」四銘憤憤的叫。

道統給這一喝，不笑了。他們擬好了說明，薇園膽在信箋上，就和道統跑往報館去。四銘拿著燭台，送出門口，回到堂屋的外面，心裏就有些不安逸，但略一躊躕，也終於跨進門檻去了。他一進門，迎頭就看見中央的方桌中間放著那肥皂的葵綠色的小小的長方包，包中央的金印子在燈光下明晃晃的發閃，周圍還有細小的花紋。

秀兒和招兒都蹲在桌子下橫的地上玩；學程坐在右橫查字典。最後在離燈最遠的陰影裏的高背椅子上發見了四太太，燈光照處，見她死板板的臉上並不顯出什麼喜怒，眼睛也並不看著什麼東西。

「咯支咯支，不要臉不要臉……」

四銘微微的聽得秀兒在他背後說，回頭看時，什麼動作也沒有了，只有招兒還用了她兩隻小手的指頭在自己臉上抓。

他覺得存身不住，便熄了燭，踱出院子去。他來回的踱，一不小心，母雞和小雞又唧唧足足的叫了起來，他立即放輕腳步，並且走遠些。經過許多時，堂屋裏的燈移到臥室裏去了。他看見一地月光，彷彿滿鋪了無縫的白紗，玉盤似的月亮現在白雲間，看不出一點缺。

他很有些悲傷，似乎也像孝女一樣，成了「無告之民」⑧，孤苦零丁了。他這一夜睡得非常晚。

但到第二天的早晨，肥皂就被錄用了。這日他比平日起得遲，看見她已經伏在洗臉臺上擦脖子，肥皂的泡沫就如大螃蟹嘴上的水泡一般，高高的堆在兩個耳朵後，比起先前用皂莢時候的只有一層極薄的白沫來，那高低真有天壤之別了。從此之後，四太太的身上便總帶著些似橄欖非橄欖的說不清的香味；幾乎小半年，這才忽而換了樣，凡有聞到的都說那可似乎是檀

香。

注釋

① 本篇最初發表於一九二四年三月二十七、二十八日北京《晨報副刊》。

② 八卦拳　拳術的一種。多用掌法，按八卦的特定形式運行。清末有些王公大臣和「五四」前後的封建復古派把它作爲「國粹」加以提倡。

③ 關於光緒年間開學堂，戊戌變法（1898）前後，在維新派的推動下，我國開始興辦近代教育，開設學堂。這些學堂當時曾不同程度地傳播了西方近代的科學文化和社會學說。

④ 共濟講社（Oddfellows）　又譯共濟社，十八世紀在英國出現的一種以互濟爲目的的秘密結社。

⑤ 「庭訓」　《論語·季氏》載：孔丘「嘗獨立，鯉（按即孔丘的兒子）趨而過庭」，孔丘要他學「詩」、學「禮」。後來就常有人稱父親的教訓爲「庭訓」或「過庭之訓」。

⑥ 「阿爾特膚爾」　英語old fool的音譯，意爲「老傻瓜」。

⑦ 孟母　指孟軻的母親，舊時傳說她是善於教子的「賢母」。

⑧ 「無告之民」　語出《禮記·王制》，其中說：孤、獨、鰥、寡「四者，天民之窮而無告者

一九二四年三月二二日

也」。無告，有苦無處訴說。

長明燈①

春陰的下午，吉光屯唯一的茶館子裏的空氣又有些緊張了，人們的耳朵裏，彷彿還留著

一種微細沉實的聲息——

「熄掉他罷！」

但當然並不是全屯的人們都如此。這屯上的居民是不大出行的，動一動就須查黃曆②，看那上面是否寫著「不宜出行」；倘沒有寫，出去也須走喜神方，迎吉利。不拘禁忌地坐在茶館裏的不過幾個以豁達自居的青年人，但在蟄居人的意中卻以為個個都是敗家子。

現在也無非就是這茶館裏的空氣有些緊張。

「還是這樣麼？」三角臉的拿起茶碗，問。

「聽說，還是這樣，」方頭說，「還是盡說『熄掉他熄掉他』。眼光也越加發閃了。見鬼！這是我們屯上的一個大害，你不要看得微細。我們倒應該想個法子來除掉他！」

「除掉他，算什麼一回事。他不過是一個……。什麼東西！造廟的時候，他的祖宗就捐過錢，現在他卻要來吹熄長明燈。這不是不肖子孫？我們上縣去，送他忤逆！」闊亭捏了拳頭，在桌上一擊，慷慨地說。一只斜蓋著的茶碗蓋子也噫的一聲，翻了身。

「不成。要送忤逆，須是他的父母，母舅……」方頭說。

「可惜他只有一個伯父……」闊亭立刻頹唐了。

「闊亭！」方頭突然叫道。「你昨天的牌風可好？」

闊亭睜著眼看了他一會，沒有便答；胖臉的莊七光已經放開喉嚨嚷起來了……

「吹熄了燈，我們的吉光屯還成什麼吉光屯，不就完了麼？老年人不都說麼……這燈還是梁武帝③點起的，一直傳下來，沒有熄過；連長毛④造反的時候也沒有熄過……。你看，嗤，多麼亮……。他現在這麼胡鬧，什麼意思？……」

那火光不是綠瑩瑩的麼？外路人經過這裏的都要看一看，都稱讚……。嗤，多麼好……。他現

「他不是發了瘋麼？你還沒有知道？」方頭帶些藐視的神氣說。

「哼，你聰明！」莊七光的臉上就走了油。

「我想：還不如用老法子騙他一騙，」灰五嬸，本店的主人兼工人，本來是旁聽著的，看見形勢有些離了她專注的本題了，便趕忙來岔開紛爭，拉到正經事上去。

「什麼老法子？」莊七光詫異地問。

「他不是先就發過一回瘋麼，和現在一模一樣。那時他的父親還在，騙了他一騙，就治好了。」

「怎麼騙？我怎麼不知道？」莊七光更其詫異地問。

「你怎麼會知道？那時你們都還是小把戲呢，單知道喝奶拉屎。便是我，那時也不這

樣。你看我那時的一雙手呵，真是粉嫩粉嫩……」

「你現在也還是粉嫩粉嫩……」方頭說。

「放你媽的屁！」灰五嬸怒目地笑了起來，「莫胡說了。我們講正經話。他那時也還年輕哩；他的老子也就有些瘋的。聽說：有一天他的祖父帶他進社廟去，教他拜社老爺，瘋將軍，王靈官老爺⑤，他就害怕了，硬不拜，跑了出來，從此便有些怪。後來就像現在一樣，一見人總和他們商量吹熄正殿上的長明燈。他說熄了便再不會有蝗蟲和病痛，真是像一件天大的正事似的。大約那是邪祟附了體，怕見正路神道了。要是我們，會怕見社老爺麼？你們的茶不冷了麼？對一點熱水罷。呵，後來不是全屯動了公憤，和他老子去吵鬧了麼？可是，沒有辦法，──幸虧我家的死鬼⑥那時還在，給想了一個法：將長明燈用厚棉被一圍，漆漆黑黑地，領他去看，說是已經吹熄了。」

「唉唉，這真虧他想得出。」三角臉吐一口氣，說，不勝感服之至似的。

「費什麼這樣的手腳，」闊亭憤憤地說，「這樣的東西，打死了就完了，嚇！」

「那怎麼行？」她吃驚地看著他，連忙搖手道，「那怎麼行！他的祖父不是捏過印靶子⑦的麼？」

闊亭們立刻面面相覷，覺得除了「死鬼」的妙法以外，也委實無法可想了。

「後來就好了的！」她又用手背抹去一些嘴角上的白沫，更快地說，「後來全好了的！

他從此也就不再走進廟門去，也不再提起什麼來，許多年。不知道怎麼這回看了賽會之後不多幾天，又瘋了起來。哦，同先前一模一樣。午後他就走過這裏，一定又上廟裏去了。你們和四爺商量商量去，還是再騙他一騙好。那燈不是梁五弟點起來的麼？不是說，那燈一滅，這裏就要變海，我們就都要變泥鰍麼？你們快去和四爺商量商量罷，要不……」

「我們還是先到廟前去看一看，」方頭說著，便軒昂地出了門。

闊亭和莊七光也跟著出去了。三角臉走得最後，將到門口，回過頭來說道：

「這回就記了我的賬！入他……。」

灰五嬸答應著，走到東牆下拾起一塊木炭來，就在牆上畫有一個小三角形和一串短短的細線的下面，劃添了兩條線。

他們望見社廟的時候，果然一併看到了幾個人：一個正是他，兩個是閒看的，三個是孩子。

但廟門卻緊緊地關著。

「好！廟門還關著。」闊亭高興地說。

他們一走近，孩子們似乎也都膽壯，圍近去了。本來對了廟門立著的他，也轉過臉來對

他們看。

他也還如平常一樣，黃的方臉和藍布破大衫，只在濃眉底下的大而且長的眼睛中，略帶些異樣的光閃，看人就許多工夫不眨眼，並且總含著悲憤疑懼的神情。短的頭髮上黏著兩片稻草葉，那該是孩子暗暗地從背後給他頭上一看之後，就都縮了頸子，笑著將舌頭很快地一伸。

他們站定了，各人都互看著別個的臉。

「你幹什麼？」但三角臉終於走上一步，詰問了。

「我叫老黑開門，」他低聲，溫和地說。「就因為那一盞燈必須吹熄。你看，三頭六臂的藍臉，三隻眼睛，長帽，半個的頭，牛頭和豬牙齒，都應該吹熄……吹熄。吹熄，我們就不會有蝗蟲，不會有豬嘴瘟……。」

「唏唏！」闊亭輕蔑地笑了出來，「你吹熄了燈，蝗蟲會還要多，你就要生豬嘴瘟！」

「唏唏！」莊七光也陪著笑。

一個赤膊孩子擎起他玩弄著的葦子，對他瞄準著，將櫻桃似的小口一張，道：

「吧！」

「你還是回去罷！倘不，你的伯伯會打斷你的骨頭！燈麼，我替你吹。你過幾天來看就

知道。」闊亭大聲說。

他兩眼更發出閃閃的光來，釘一般看定闊亭的眼，使闊亭的眼光趕緊避易了。

「你吹？」他嘲笑似的微笑，但接著就堅定地說，「不能！不要你們。我自己去熄，此刻去熄！」

闊亭便立刻頹唐得酒醒之後似的無力；方頭卻已站上去了，慢慢地說道：

「你是一向懂事的，這一回可是太糊塗了。讓我來開導你罷，你也許能夠明白。就是吹熄了燈，那些東西不是還在麼？不要這麼傻頭傻腦了，還是回去！睡覺去！」

「我知道的，熄了也還在。」他忽又現出陰鷙的笑容，但是立即收斂了，沉實地說道，「然而我只能姑且這麼辦。我先來這麼辦，容易些。我就要吹熄他，自己熄！」他說著，一面就轉過身去竭力地推廟門。

「喂！」闊亭生氣了，「你不是這裏的人麼？你一定要我們大家變泥鰍麼？回去！你推不開的，你沒有法子開的！吹不熄的！還是回去好！」

「我不回去！我要吹熄他！」

「不成！你沒法開！」

「……」

「你沒法開！」

「那麼，就用別的法子來。」他轉臉向他們一瞥，沉靜地說。

「哼，看你有什麼別的法。」

「……」

「看你有什麼別的法！」

「我放火。」

「什麼？」闊亭疑心自己沒有聽清楚。

「我放火！」

沉默像一聲清磬，搖曳著尾聲，周圍的活物都在其中凝結了。但不一會，就有幾個人交頭接耳，不一會，又都退了開去；兩三人又在略遠的地方站住了。廟後門的牆外就有莊七光的聲音喊道：

「老黑呀，不對了！你廟門要關得緊！老黑呀，你聽清了麼？關得緊！我們去想了法子就來！」

但他似乎並不留心別的事，只閃爍著狂熱的眼光，在地上，在空中，在人身上，迅速地搜查，彷彿想要尋火種。

方頭和闊亭在幾家的大門裏穿梭一般出入了一通之後，吉光屯全局頓然擾動了。許多人

— 85 —

們的耳朵裏，心裏，都有了一個可怕的聲音：「放火！」但自然還有多少更深的蟄居人的耳朵裏心裏是全沒有。然而全屯的空氣也就緊張起來，凡有感得這緊張的人們，都很不安，彷彿自己就要變成泥鰍，天下從此毀滅。他們自然也隱約知道毀滅的不過是吉光屯，但也覺得吉光屯似乎就是天下。

這事件的中樞，不久就湊在四爺的客廳上了。坐在首座上的是年高德韶的郭老娃，臉上已經皺得如風乾的香橙，還要用手捋著下頦上的白鬍鬚，似乎想將他們拔下。

「上半天，」他放鬆了鬍子，慢慢地說，「西頭，老富的中風，他的兒子，就說是：因為，社神不安，之故。這樣一來，將來，萬一有，什麼，雞犬不寧，的事，就難免要到，府上……是的，都要來到府上，麻煩。」

「是麼，」四爺也捋著上唇的花白的鮎魚鬚，卻悠悠然，彷彿全不在意模樣，說，「這也是他父親的報應呵。他自己在世的時候，不就是不相信菩薩麼？我那時就和他不合，可是一點也奈何他不得。現在，叫我還有什麼法？」

「我想，只有，一個。明天，捆上城去，給他在那個，那個城隍廟裏，攔一夜，是的，攔一夜，趕一趕，邪祟。」

閣亭和方頭以守護全屯的勞績，不但第一次走進這一個不易瞻仰的客廳，並且還坐在老娃之下和四爺之上，而且還有茶喝。他們跟著老娃進來，報告之後，就只是喝茶，喝乾之後，

也不開口，但此時闊亭忽然發表意見了…

「這辦法太慢！他們兩個還管著呢。最要緊的是馬上怎麼辦。如果真是燒將起

來……」

郭老娃嚇了一跳，下巴有些發抖。

「如果真是燒將起來……」方頭搶著說。

「那麼，」闊亭大聲道，「就糟了！」

一個黃頭髮的女孩子又來沖上茶。闊亭便不再說話，立即拿起茶來喝。渾身一抖，放下了，伸出舌尖來舐了一舐上嘴唇，揭去碗蓋噓噓地吹著。

「真是拖累煞人！」四爺將手在桌上輕輕一拍，「這種子孫，真該死呵！唉！」

「的確，該死的。」闊亭抬起頭來了，「去年，連各莊就打死一個…這種子孫。大家一口咬定，說是同時同刻，大家一齊動手，分不出打第一下的是誰，後來什麼事也沒有。」

「那又是一回事。」方頭說，「這回，他們管著呢。我們得趕緊想法子。我想……」

「我想：倒不如姑且將他關起來。」

老娃和四爺都肅然地看著他的臉。

「那倒也是一個妥當的辦法。」四爺微微地點一點頭。

「妥當！」闊亭說。

「那倒，確是，一個妥當的，辦法。」老娃說，「我們，現在，就將他，拖到府上，就趕快，收拾出，一間屋子來。還，準備著，鎖。」

「屋子?」四爺仰了臉，想了一會，說，「舍間可是沒有這樣的閒房。他也說不定什麼時候才會好……」

「就用，他，自己的……」老娃說。

「我家的六順，」四爺忽然嚴肅而且悲哀地說，聲音也有些發抖了。「秋天就要娶親……。你看，他年紀這麼大了，單知道發瘋，不肯成家立業。舍弟也做了一世人，雖然也不大安分，可是香火總歸是絕不得的……。」

「那自然!」三個人異口同音地說。

「六順生了兒子，我想第二個就可以過繼給他。但是，——別人的兒子，可以白要的麼?」

「那不能!」三個人異口同音地說。

「這一間破屋，和我是不相干……六順也不在乎此。可是，將親生的孩子白白給人，做母親的怕不能就這麼鬆爽罷?」

「那自然!」三個人異口同音地說。

四爺沉默了。三個人交互看著別人的臉。

— 88 —

「我是天天盼望他好起來，」四爺在暫時靜穆之後，這才緩緩地說，「可是他總不好。也不是不好，是他自己不要好。無法可想，就照這一位所說似的關起來，免得害人，出他父親的醜，也許倒反好，倒是對得起他的父親……。」

「那自然，」闊亭感動的說，「可是，房子……」

「廟裏就沒有閒房？……」四爺慢騰騰地問道。

「有！」闊亭恍然道，「有！進大門的西邊那一間就空著，又只有一個小方窗，粗木直柵的，決計挖不開。好極了！」

老娃和方頭也頓然都顯了歡喜的神色；闊亭吐一口氣，尖著嘴唇就喝茶。

未到黃昏時分，天下已經泰平，或者竟是全都忘卻了，人們的臉上不特已不緊張，並且早褪盡了先前的喜悅的痕跡。在廟前，人們的足跡自然比平日多，但不久也就稀少了。只因為關了幾天門，孩子們不能進去玩，便覺得這一天在院子裏格外玩得有趣，吃過了晚飯，還有幾個跑到廟裏去遊戲，猜謎。

「你猜。」一個最大的說，「我再說一遍：

白篷船，紅划楫，
搖到對岸歇一歇，
點心吃一些，

— 89 —

戲文唱一齣。

「那是什麼呢？『紅划楫』的。」一個女孩說。

「我說出來罷，那是……」

「慢一慢！」生癩頭瘡的說，「我猜著了…航船。」

「航船。」赤膊的也道。

「哈，航船？」最大的道，「航船是搖櫓的。他會唱戲文麼？你們猜不著。我說出來

罷……」

「慢一慢，」癩頭瘡還說。

「哼，你猜不著。我說出來罷，那是…鵝。」

「鵝！」女孩笑著說，「紅划楫的。」

「怎麼又是白篷船呢？」赤膊的問。

「我放火！」

孩子們都吃驚，立時記起他來，一齊注視西廂房，又看見一隻手扳著木柵，一隻手撕著

木皮，其間有兩隻眼睛閃閃地發亮。

沉默只一瞬間，癩頭瘡忽而發一聲喊，拔步就跑；其餘的也都笑著嚷著跑出去了。赤膊

的還將葦子向後一指，從喘吁吁的櫻桃似的小嘴唇裏吐出清脆的一聲道…

— 90 —

「吧！」

從此完全靜寂了，暮色下來，綠瑩瑩的長明燈更其分明地照出神殿，神龕，而且照到院子，照到木柵裏的昏暗。

孩子們跑出廟外也就立定，牽著手，慢慢地向自己的家走去，都笑吟吟地，合唱著隨口編派的歌：

「白篷船，對岸歇一歇。

戲文唱一齣。

我放火！哈哈哈！

火火火，點心吃一些。

此刻熄，自己熄。

戲文唱一齣。

⋯⋯

」

一九二五年三月一日⑧

— 91 —

注釋

① 本篇最初連載於一九二五年三月五日至八日北京《民國日報副刊》。

② 黃曆　我國的舊曆書係由朝廷頒布，用黃色紙印製，故稱「黃曆」。其中載有農時節氣，還雜有一些迷信的「宜忌」，如某日「宜祭祀」、某日「忌出行」、某日「諸事不宜」，以及「喜神」每日所在的方位（「喜神方」）等。

③ 梁武帝　南朝梁的建立者蕭衍（464－549）。他是我國歷史上有名的篤信佛教的皇帝（下文中灰五嬸誤稱他為「梁五弟」）。

④ 長毛　指洪秀全（1814－1864）領導的太平天國起義軍。為了對抗清政府剃髮留辮的法令，他們都留髮而不結辮，因此被稱為「長毛」。

⑤ 社老爺，瘟將軍，王靈官　都是迷信傳說中神道的名稱。社老爺即土地神；瘟將軍是掌管瘟疫的神；王靈官是主管糾察的天將，道教廟宇中多奉為鎮守山門的神。

⑥ 該屯的粗女人有時以此稱呼自己的亡夫。——作者原注。

⑦ 做過實缺官的意思。——作者原注。

⑧ 據《魯迅日記》，本篇寫作日期當為一九二五年二月二十八日。

示眾①

首善之區②的西城的一條馬路上，這時候什麼擾攘也沒有。火焰焰的太陽雖然還未直照，但路上的沙土彷彿已是閃爍地生光；酷熱滿和在空氣裏面，到處發揮著盛夏的威力。許多狗都拖出舌頭來，連樹上的烏老鴉也張著嘴喘氣，——但是，自然也有例外的。遠處隱隱有兩個銅盞③相擊的聲音，使人憶起酸梅湯，依稀感到涼意，可是那懶懶的單調的金屬音的間作，卻使那寂靜更其深遠了。

只有腳步聲，車夫默默地前奔，似乎想趕緊逃出頭上的烈日。

「熱的包子咧！剛出屜的……。」

十一二歲的胖孩子，細著眼睛，歪了嘴在路旁的店門前叫喊。聲音已經嘶嗄了，還帶些睡意，如給夏天的長日催眠。他旁邊的破舊桌子上，就有二三十個饅頭包子，毫無熱氣，冷冷地坐著。

「嗬啊！饅頭包子咧，熱的……。」

像用力擲在牆上而反撥過來的皮球一般，他忽然飛在馬路的那邊了。在電杆旁，和他對面，正向著馬路，其時也站定了兩個人：一個是淡黃制服的掛刀的面黃肌瘦的巡警，手裏牽著繩頭，繩的那頭就拴在別一個穿藍布大衫上罩白背心的男人的臂膊上。這男人戴一頂新草帽，

― 93 ―

帽簷四面下垂，遮住了眼睛的一帶。但胖孩子身體矮，仰起臉來看時，卻正撞見這人的眼睛了。那眼睛也似乎正在看他的腦殼。他連忙順下眼，去看白背心，只見背心上一行一行地寫著些大大小小的什麼字。

霎時間，也就圍滿了大半圈的看客。待到增加了禿頭的老頭子之後，空缺已經不多，而立刻又被一個赤膊的紅鼻子胖大漢補滿了。這胖子過於橫闊，占了兩人的地位，所以續到的便只能屈在第二層，從前面的兩個脖子之間伸進腦袋去。

禿頭站在白背心的略略正對面，彎了腰，去研究背心上的文字，終於讀起來：

「嗡，都，哼，八，而，……」

胖孩子卻看見那白背心正研究著這發亮的禿頭，他也便跟著去研究，就只見滿頭光油油的，耳朵左近還有一片灰白色的頭髮，此外也不見得有怎樣新奇。但是後面的一個抱著孩子的老媽子卻想乘機擠進來了；禿頭怕失了位置，連忙站直，文字雖然還未讀完，然而無可奈何，只得另看白背心的臉：草帽簷下半個鼻子，一張嘴，尖下巴。

又像用了力擲在牆上而反撥過來的皮球一般，一個小學生飛奔上來，一手按住了自己頭上的雪白的小布帽，向人叢中直鑽進去。但他鑽到第三——也許是第四——層，竟遇見一件不可動搖的偉大的東西了，抬頭看時，藍褲腰上面有一座赤條條的很闊的背脊，背脊上還有汗正在流下來。他知道無可措手，只得順著褲腰右行，幸而在盡頭發見了一條空處，透著光明。他

剛剛低頭要鑽的時候，只聽得一聲「什麼」，那褲腰以下的屁股向右一歪，空處立刻閉塞，光明也同時不見了。

但不多久，小學生卻從巡警的刀旁邊鑽出來了。他詫異地四顧：外面圍著一圈人，上首是穿白背心的，那對面是一個赤膊的胖小孩，胖小孩後面是一個赤膊的紅鼻子胖大漢。他這時隱約悟出先前的偉大的障礙物的本體了，便驚奇而且佩服似的只望著紅鼻子。胖小孩本是注視著小學生的臉的，於是也不禁依了他的眼光，回轉頭去了，在那裏是一個很胖的奶子，奶頭四近有幾枝很長的毫毛。

「他，犯了什麼事啦？……」

大家都愕然看時，是一個工人似的粗人，正在低聲下氣地請教那禿頭老頭子。

禿頭不作聲，單是睜起了眼睛看定他。他被看得順下眼光去，過一會再看時，禿頭還是睜起了眼睛看定他，而且別的人也似乎都睜了眼睛看定他。他於是彷彿自己就犯了罪似的局促起來，終至於慢慢退後，溜出去了。一個挾洋傘的長子就來補了缺；禿頭也旋轉臉去再看白背心。

長子彎了腰，要從垂下的草帽檐下去賞識白背心的臉，但不知道為什麼忽然又站直了。於是他背後的人們又須竭力伸長了脖子；有一個瘦子竟至於連嘴都張得很大，像一條死鱸魚。

巡警，突然間，將腳一提，大家又愕然，趕緊都看他的腳；然而他又放穩了，於是又看白

背心。長子忽又彎了腰，還要從垂下的草帽檐下去窺測，但即刻也就立直，擎起一隻手來拚命搔頭皮。

禿頭不高興了，因為他先覺得背後有些不太平，接著耳朵邊就有嘭咕嘭咕的聲響。他雙眉一鎖，回頭看時，緊挨他右邊，有一隻黑手拿著半個大饅頭正在塞進一個貓臉的人的嘴裏去。他也就不說什麼，自去看白背心的新草帽了。

忽然，就有暴雷似的一擊，連橫闊的胖大漢也不免向前一蹌踉。同時，從他肩膊上伸出一隻胖得不相上下的臂膊來，展開五指，拍的一聲正打在胖孩子的臉頰上。

「好快活！你媽的……」同時，胖大漢後面就有一個彌勒佛④似的更圓的胖臉這麼說。

胖孩子也蹌跟了四五步，但是沒有倒，一手按著臉頰，旋轉身，就想從胖大漢的腿旁的空隙間鑽出去。胖大漢趕忙站穩，並且將屁股一歪，塞住了空隙，恨恨地問道：

「什麼？」

胖孩子就像小鼠子落在捕機裏似的，倉皇了一會，忽然向小學生那一面奔去，推開他，衝出去了。小學生也返身跟出去了。

「嚇，這孩子……。」總有五六個人都這樣說。

待到重歸平靜，胖大漢再看白背心的臉的時候，卻見白背心正在仰面看他的胸脯；他慌忙低頭也看自己的胸脯時，只見兩乳之間的窪下的坑裏有一片汗，他於是用手掌拂去了這些

然而形勢似乎總不甚太平了。抱著小孩的老媽子因為在騷擾時四顧，沒有留意，頭上梳著的喜鵲尾巴似的「蘇州俏」⑤便碰了站在旁邊的車夫的鼻梁。車夫一推，卻正推在孩子上；孩子就扭轉身去，向著圈外，嚷著要回去了。老媽子先也略略一蹌踉，但便即站定，旋轉孩子來使他正對白背心，一手指點著，說道：

「阿，阿，看呀！多麼好看哪！……」

空隙間忽而探進一個戴硬草帽的學生模樣的頭來，將一粒瓜子之類似的東西放在嘴裏，下顎向上一磕，咬開，退出去了。這地方就補上了一個滿頭油汗而黏著灰土的橢圓臉。

挾洋傘的長子也已經生氣，斜下了一邊的肩膊，皺眉疾視著肩後的死鱸魚。大的大嘴裏呼出來的熱氣，原也不易招架的，而況又在盛夏。禿頭正仰視那電杆上釘著的紅牌上的四個白字，彷彿很覺得有趣。胖大漢和巡警都斜了眼研究著老媽子的鉤刀般的鞋尖。

「好！」

什麼地方忽有幾個人同聲喝采。都知道該有什麼事情起來了，一切頭便全數回轉去。連巡警和他牽著的犯人也都有些搖動了。

「剛出屜的包子咧！嗬啊，熱的……。」

路對面是胖孩子歪著頭，磕睡似的長呼；路上是車夫們默默地前奔，似乎想趕緊逃出頭

上的烈日。大家都幾乎失望了，幸而放出眼光去四處搜索，終於在相距十多家的路上，發見了一輛洋車停放著，一個車夫正在爬起來。

圓陣立刻散開，都錯錯落落地走過去。胖大漢走不到一半，就歇在路邊的槐樹下；長子比禿頭和橢圓臉走得快，接近了。車上的坐客依然坐著，車夫已經完全爬起，但還在摩自己的膝髁。周圍有五六個人笑嘻嘻地看他們。

「成麼？」車夫要來拉車時，坐客便問。

他只點點頭，拉了車就走；大家就悁悁然目送他。起先還知道那一輛是曾經跌倒的車，後來被別的車一混，知不清了。

馬路上就很清閒，有幾隻狗伸出了舌頭喘氣；胖大漢就在槐陰下看那很快地一起一落的狗肚皮。

老媽子抱了孩子從屋簷陰下蹩過去了。胖孩子歪著頭，擠細了眼睛，拖長聲音，磕睡地叫喊——

「熱的包子咧！嗬啊……剛出屜的……。」

一九二五年三月一八日

注釋

① 本篇最初發表於一九二五年四月十三日北京《語絲》周刊第二十二期。

② 首善之區　指首都。《漢書・儒林傳》載：「故教化之行也，建首善，自京師始。」這裡指北洋軍閥時代的首都北京。

③ 銅盞　一種杯狀小銅器。舊時北京賣酸梅湯的商販，常用兩個銅盞相擊，發出有節奏的聲音，以招引顧客。

④ 彌勒佛　佛教菩薩之一，佛經說他繼承釋迦牟尼的佛位而成佛。常見的他的塑像是胖圓笑臉，祖胸露腹，俗稱大肚子彌勒佛。

⑤ 「蘇州俏」　舊時婦女所梳髮髻的一種式樣，先流行於蘇川一帶，故有此稱。

高老夫子①

這一天，從早晨到午後，他的工夫全費在照鏡，看《中國歷史教科書》和查《袁了凡綱鑑》②裏；真所謂「人生識字憂患始」③，頓覺得對於世事很有些不平之意，是他從來沒有經驗過的。

首先就想到往常的父母實在太不將兒女放在心裏。他還在孩子的時候，最喜歡爬上桑樹去偷桑椹吃，但他們全不管，有一回竟跌下樹來磕破了頭，又不給好好地醫治，至今左邊的眉棱上還帶著一個永不消滅的尖劈形的瘢痕。他現在雖然格外留長頭髮，左右分開，又斜梳下來，可以勉強遮住了，但究竟還看見尖劈的尖，也算得一個缺點，萬一給女學生發見，大概是免不了要看不起的。他放下鏡子，怨憤地吁一口氣。

其次，是《中國歷史教科書》的編纂者竟太不為教員設想。他的書雖然和《了凡綱鑑》也有些相合，但大段又很不相同，若即若離，令人不知道講起來應該怎樣拉在一處。但待到他瞥著那夾在教科書裏的一張紙條，卻又怨起中途辭職的歷史教員來了，因為那紙條上寫的是：

「從第八章《東晉之興亡》起。」

如果那人不將三國的事情講完，他的預備就決不至於這麼困苦。他最熟悉的就是三國，例如桃園三結義，孔明借箭，三氣周瑜，黃忠定軍山斬夏侯淵以及其他種種，滿肚子都是，一

學期也許講不完。到唐朝，則有秦瓊賣馬之類，便又較為擅長了，誰料偏偏是東晉。他又怨憤地吁一口氣，再拉過《了凡綱鑑》來。

「嗌，你怎麼外面看看還不夠，又要鑽到裏面去看了？」

一隻手同時從他背後彎過來，一撥他的下巴。但他並不動，因為從聲音和舉動上，便知道是暗暗躄進來的打牌的老朋友黃三。他雖然是他的老朋友，一禮拜以前還一同打牌，看戲，喝酒，跟女人，但自從他在《大中日報》上發表了《論中華國民皆有整理國史之義務》這一篇膾炙人口的名文，接著又得了賢良女學校的聘書之後，就覺得這黃三一無所長，總有些下等相了。所以他並不回頭，板著臉正正經經地回答道：

「不要胡說！我正在預備功課……。」

「你不是親口對老鉢說的麼：你要謀一個教員做，去看看女學生？」

「你不要相信老鉢的狗屁！」

黃三就在他桌旁坐下，向桌面上一瞥，立刻在一面鏡子和一堆亂書之間，發見了一個翻開著的大紅紙的帖子。他一把抓來，瞪著眼睛一字一字地看下去：

今敦請

爾礎高老夫子為本校歷史教員每週授課

「『爾礎高老夫子』？誰呢？你麼？你改了名字了麼？」黃三一看完，就性急地問。

但高老夫子只是高傲地一笑；他的確改了名字了。然而黃三只會打牌，到現在還沒有留

心新學問，新藝術。他既不知道有一個俄國大文豪高爾基⑤，又怎麼說得通這改名的深遠的意

義呢？所以他只是高傲地一笑，並不答覆他。

「喂喂，老杆，你不要鬧這些無聊的玩意兒了！」黃三放下聘書，說。「我們這裏有了

一個男學堂，風氣已經鬧得夠壞了；他們還要開什麼女學堂，將來真不知道要鬧成什麼樣子才

罷。你何苦也去鬧，犯不上……。」

「這也不見得。況且何太太一定要請我，辭不掉……。」因為黃三誹謗了學校，又看手錶

上已經兩點半，離上課時間只有半點了，所以他有些氣忿，又很露出焦躁的神情。

「好！這且不談。」黃三是乖覺的，即刻轉帆，說，「我們說正經事罷：今天晚上我們

有一個局面。毛家屯毛資甫的大兒子在這裏了，來請陽宅先生⑥看墳地去的，手頭現帶著二百

中華民國十三年夏曆菊月吉旦④立

賢良女學校校長何萬淑貞斂衽謹訂

按時間計算此約

四小時每小時敬送修金大洋三角正

番⑦。我們已經約定，晚上湊一桌，一個我，一個老鉢，一個就是你。你一定來罷，萬不要誤

事。我們三個人掃光他！

老杆——高老夫子——沉吟了，但是不開口。

「你一定來，一定！我還得和老鉢去接洽一回。地方還是在我的家裏。那傻小子是『初

出茅廬』，我們准可以掃光他！你將那一副竹紋清楚一點的交給我罷！」

高老夫子慢慢地站起來，到床頭取了麻將牌盒，交給他；一看手錶，兩點四十分了。他

想：黃三雖然能幹，但明知道我已經做了教員，還來當面誹謗學堂，又打攪別人的預備功課，

究竟不應該。他於是冷淡地說道：

「晚上再商量罷。我要上課去了。」

他一面說，一面恨恨地向《了凡綱鑑》看了一眼，拿起教科書，裝在新皮包裏，又很小

心地戴上新帽子，便和黃三出了門。他一出門，就放開腳步，像木匠牽著的鑽子似的，肩膀一

扇一扇地直走，不多久，黃三便連他的影子也望不見了。

高老夫子一跑到賢良女學校，即將新印的名片交給一個駝背的老門房。不一忽，就聽到

一聲「請」，他於是跟著駝背走，轉過兩個彎，已到教員預備室了，也算是客廳。何校長不在

校；迎接他的是花白鬍子的教務長，大名鼎鼎的萬瑤圃，別號「玉皇香案吏」⑧的，新近正將

他自己和女仙贈答的詩《仙壇酬唱集》陸續登在《大中日報》上。

「啊呀！礎翁！久仰久仰！……」萬瑤圃連連拱手，並將膝關節和腿關節接連彎了五六

彎，彷彿想要蹲下去似的。

「啊呀！瑤翁！久仰久仰！……」礎翁夾著皮包照樣地做，並且說。

他們於是坐下；一個似死非死的校役便端上兩杯白開水來。高老夫子看看對面的掛鐘，

還只兩點四十分，和他的手錶要差半點。

「啊呀！礎翁的大作，是的，那個……。是的，那——『中國國粹義務論』，真真要言不

煩，百讀不厭！實在是少年人們的座右銘，座右銘座右銘！兄弟也頗喜歡文學，可是，玩玩而

已，怎麼比得上礎翁。」他重行拱一拱手，低聲說，「我們的盛德乩壇⑨天天請仙，兄弟也常

常去唱和。礎翁也可以光降光降罷。那乩仙，就是蕊珠仙子⑩，從她的語氣上看來，似乎是一

位謫降紅塵的花神。她最愛和名人唱和，也很贊成新黨，像礎翁這樣的學者，她一定大加青眼

的。。哈哈哈哈！」⑪

但高老夫子卻不很能發表什麼崇論宏議，因為他的預備——東晉之興亡——本沒有十分

足，此刻又並不足的幾分也有些忘卻了。他煩躁愁苦著；從繁亂的心緒中，又湧出許多斷片的

思想來：上堂的姿勢應該威嚴；額角的瘢痕總該遮住；教科書要讀得慢，看學生要大方。但同

時還模模糊糊聽得瑤圃說著話：

「……賜了一個荸薺……。『醉倚青鸞上碧霄』，多麼超脫……那鄧孝翁叩求了五回，這

才賜了一首五絕……『紅袖拂天河，莫道……』蕊珠仙子說……礎翁還是第一回……這就是本

校的植物園！」

「哦哦！」爾礎忽然看見他舉手一指，這才從亂頭思想中驚覺，依著指頭看去，窗外一

小片空地，地上有四五株樹，正對面是三間小平房。

「這就是講堂。」瑤圃並不移動他的手指，但是說。

「哦哦！」

「學生是很馴良的。她們除聽講之外，就專心縫紉……。」

「哦哦！」爾礎實在頗有些窘急了，他希望他不再說話，好給自己聚精會神，趕緊想一

想東晉之興亡。

「可惜內中也有幾個想學學做詩，那可是不行的。維新固然可以，但做詩究竟不是大家

閨秀所宜。蕊珠仙子也不很贊成女學，以為淆亂兩儀⑫，非天曹所喜。兄弟還很同她討論過幾

回……。」

爾礎忽然跳了起來，他聽到鈴聲了。

「不，不。請坐！那是退班鈴。」

「瑤翁公事很忙罷，可以不必客氣……。」

「不，不！不忙！兄弟以為振興女學是順應世界的潮流，但一不得當，即易流於

偏，所以天曹不喜，也許不過是防微杜漸的意思。只要辦理得人，不偏不倚，合乎中庸，一以國粹為歸宿，那是決無流弊的。礎翁，你想，可對？這是蕊珠仙子也以為『不無可採』的話。

哈哈哈哈！」

校役又送上兩杯白開水來；但是鈴聲又響了。

瑤圃便請請爾礎喝了兩口白開水，這才慢慢地站起來，引導他穿過植物園，走進講堂去。

他心頭跳著，筆挺地站在講台旁邊，只看見半屋子都是蓬蓬鬆鬆的頭髮。瑤圃從大襟袋裏掏出一張信箋，展開之後，一面看，一面對學生們說道：

「這位就是高老師，高爾礎高老師，是有名的學者，那一篇有名的《論中華國民皆有整理國史之義務》，是誰都知道的。《大中日報》上還說過，高老師是：驟慕俄國文豪高君爾基之為人，因改字爾礎，以示景仰之意，斯人之出，誠吾中華文壇之幸也！現在經何校長再三敦請，竟惠然肯來，到這裏來教歷史了⋯⋯」

高老師忽而覺得很寂然，原來瑤翁已經不見，只有自己站在講台旁邊了。他只得跨上講台去，行了禮，定一定神，又記起了態度應該威嚴的成算，便慢慢地翻開書本，來開講「東晉之興亡」。

「嘻嘻！」似乎有誰在那裏竊笑了。

高老夫子臉上登時一熱，忙看書本，和他的話並不錯，上面印著的的確是：「東晉之偏

安」。書腦⑬的對面，也還是半屋子蓬蓬鬆鬆的頭髮，不見有別的動靜。他猜想這是自己的疑

心，其實誰也沒有笑；於是又定一定神，看住書本，慢慢地講下去。當初，是自己的耳朵也聽

到自己的嘴說些什麼的，可是逐漸糊塗起來，竟至於不再知道說什麼，待到發揮「石勒⑭之雄

圖」的時候，便只聽得吃吃地竊笑的聲音了。

他不禁向講台下一看，情形和原先已經很不同：半屋子都是眼睛，還有許多小巧的等邊

三角形，三角形中都生著兩個鼻孔，這些連成一氣，宛然是流動而深邃的海，閃爍地汪洋地正

沖著他的眼光。但當他瞥見時，卻又驟然一閃，變了半屋子蓬蓬鬆鬆的頭髮了。

他也連忙收回眼光，再不敢離開教科書，不得已時，就抬起眼來看看屋頂。屋頂是白而

轉黃的洋灰，中央還起了一道正圓形的稜線；可是這圓圈又生動了，忽然擴大，忽然收小，使

他的眼睛有些昏花。他預料倘將眼光下移，就不免又要遇見可怕的眼睛和鼻孔聯合的海，只好

再回到書本上，這時已經是「淝水之戰」⑮，符堅快要駭得「草木皆兵」了。

他總疑心有許多人暗暗地發笑，但還是熬著講，明明已經講了大半天，而鈴聲還沒有

響，看手錶是不行的，怕學生要小覷；可是講了一會，又到「拓跋氏⑯之勃興」了，接著就是

「六國興亡表」，他本以爲今天未必講到，沒有預備的。

他自己覺得講義忽而中止了。

「今天是第一天，就是這樣罷……。」他惶惑了一會之後，才斷續地說，一面點一點頭，

跨下講台去，也便出了教室的門。

「嘻嘻嘻！」

他似乎聽到背後有許多人笑，又彷彿看見這笑聲就從那深邃的鼻孔的海裏出來。他便惘然，跨進植物園，向著對面的教員預備室大踏步走。

他大吃一驚，至於連《中國歷史教科書》也失手落在地上了，因為腦殼上突然遭了什麼東西的一擊。他倒退兩步，定睛看時，一枝丫斜的樹枝橫在他面前，已被他的頭撞得樹葉都微微發抖。他趕緊彎腰去拾書本，書旁邊豎著一塊木牌，上面寫道：

```
┌─────────────┐
│     桑      │
│  桑   科    │
└─────────────┘
```

他似乎聽到背後有許多人笑，又彷彿看見這笑聲就從那深邃的鼻孔的海裏出來。於是也就不好意思去撫摩頭上已經疼痛起來的皮膚，只一心跑進教員預備室裏去。

那裏面，兩個裝著白開水的杯子依然，卻不見了似死非死的校役，瑤翁也蹤影全無了。一切都黯淡，只有他的新皮包和新帽子在黯淡中發亮。看壁上的掛鐘，還只有三點四十分。

高老夫子回到自家的房裏許久之後，有時全身還驟然一熱；又無端的憤怒；終於覺得學堂確也要鬧壞風氣，不如停閉的好，尤其是女學堂，——有什麼意思呢，喜歡虛榮罷了！

「嘻嘻！」

他還聽到隱隱約約的笑聲。這使他更加憤怒，也使他辭職的決心更加堅固了。晚上就寫信給何校長，只要說自己已患了足疾。但是，倘來挽留，又怎麼辦呢？——也不去。女學堂真不知道要鬧到什麼樣子，自己又何苦去和她們為伍呢？犯不上的。他想。

他於是決絕地將《了凡綱鑑》搬開；鏡子推在一旁；聘書也合上了。正要坐下，又覺得那聘書實在紅得可恨，便抓過來和《中國歷史教科書》一同塞入抽屜裏。

一切大概已經打疊停當，桌上只剩下一面鏡子，眼界清淨得多了。然而還不舒適，彷彿欠缺了半個魂靈，但他當即省悟，戴上紅結子的秋帽，徑向黃三的家裏去了。

「來了，爾礎高老夫子！」老鉢大聲說。

「狗屁！」他眉頭一皺，在老鉢的頭頂上打了一下，說。

「教過了罷？怎麼樣，可有幾個出色的？」黃三熱心地問。

「我沒有再教下去的意思。女學堂真不知道要鬧成什麼樣子。我輩正經人，確乎犯不上醬在一起……。」

毛家的大兒子進來了，胖到像一個湯圓。

「啊呀！久仰久仰！……」滿屋子的手都拱起來，膝關節和腿關節接二連三地屈折，彷彿就要蹲了下去似的。

「這一位就是先前說過的高干亭兄。」老鉢指著高老夫子，向毛家的大兒子說。

「哦哦！久仰久仰！……」毛家的大兒子便特別向他連連拱手，並且點頭。

這屋子的左邊早放好一頂斜擺的方桌，黃三一面招呼客人，一面和一個小丫頭佈置著座位和籌碼。不多久，每一個桌角上都點起一枝細瘦的洋燭來，他們四人便入座了。

萬籟無聲。只有打出來的骨牌拍在紫檀桌面上的聲音，在初夜的寂靜中清徹地作響。

高老夫子的牌風並不壞，但他總還抱著什麼不平。他本來是什麼都容易忘記的，惟獨這一回，卻總以為世風有些可慮；雖然面前的籌碼漸漸增加了，也還不很能夠使他舒適，使他樂觀。但時移俗易，世風也終究覺得好了起來；不過其時很晚，已經在打完第二圈，他快要湊成「清一色」⑰的時候了。

一九二五年五月一日

注釋

① 本篇最初發表於一九二五年五月十一日北京《語絲》周刊第二十六期。

② 《袁了凡綱鑑》 即《了凡綱鑑》，明代袁黃探錄朱熹《通鑑綱目》編纂而成，共四十卷，清末坊間有刻本流行。袁黃，字坤儀，號了凡，浙江嘉善人，明萬曆進士，還著有《曆法新書》、《群書備考》等。

③ 「人生識字憂患始」 語見宋代蘇軾《石蒼舒醉墨堂》詩。

④ 菊月吉旦 即農曆九月初一。舊時常用花期來指稱月份，九月盛開菊花，稱爲菊月。吉旦，初一。

⑤ 高爾基（M. Горький，1868-1936） 原名阿列克賽・馬克西莫維奇・彼什科夫（А.M. Пешков），蘇聯無產階級作家，著有《福瑪・高爾杰耶夫》、《母親》、《童年》等自傳體三部作、《阿爾達莫諾夫家的事業》等。作者在本篇中讓一個思想極端腐敗、連高爾基的姓名都不了解（以爲姓高名爾基）的人物改名高爾礎，這是對當時中國社會上這一夥人醜態的辛辣諷刺，同時也是對於把外國人的姓名譯作中國式姓名模樣的譯法的調侃。參看《華蓋集・咬文嚼字（一）》。

⑥ 陽宅先生 即所謂「堪輿家」，俗稱「風水先生」。他們稱生人的住宅爲「陽宅」，稱墓地爲「陰宅」。

⑦ 番 「番餅」的簡稱。舊時我國某些地區稱從外國流入的銀幣爲番餅（後來也泛指銀元）。

⑧ 「玉皇香案吏」 舊時附庸風雅的文人，常從古人詩詞中摘取詞句作爲別號。「玉皇香案吏」見於唐代元稹《以州宅誇於樂天》：「我是玉皇香案吏，謫居猶得住蓬萊。」

⑨ 乩壇 扶乩的場所。扶乩是一種迷信活動，由二人扶一丁字形木架，使下垂一端在沙盤上畫字，假托爲神鬼所示。

⑩ 蕊珠仙子 道教傳說中的仙女，所居之處稱爲蕊珠宮。唐代趙嘏《贈道者》：「華蓋飄飄綠鬢翁，往來朝謁蕊珠宮。」

⑪ 青眼 《晉書·阮籍傳》載：晉代阮籍以白眼看他憎惡的人，用青眼看他器重的人。後來「加青眼」就被用作表示器重和喜愛。

⑫ 兩儀 原指天地，見《易經·繫辭傳》。後也用以指稱男女。

⑬ 書腦 線裝書打眼穿線的地方。

⑭ 石勒 （274-333） 羯族人。西晉末年於山東聚眾起兵，逐漸發展成割據勢力，後滅前趙，建立政權，史稱後趙。

⑮ 「淝水之戰」 指公元三八三年，東晉軍隊在安徽淝水以八萬兵力大敗前秦苻堅近百萬大軍的戰役。據《晉書·苻堅載記》：在交戰中苻堅登城遠望，把八公山上的草木都錯看成是晉軍。成語「草木皆兵」即由此而來。

⑯ 拓跋氏 古代鮮卑族的一支。公元三八六年拓跋珪自立爲魏王，後日益強大，據有黃河以北各

地。公元三九八年，拓跋珪建都平城（**今山西大同**），稱帝改元，史稱北魏。

⑰「清一色」 打麻將的用語。指某一家手中所掌握的牌全由一種花色組成。

孤獨者①

一

我和魏連殳相識一場，回想起來倒也別致，竟是以送殮始，以送殮終。

那時我在S城，就時時聽到人們提起他的名字，都說他很有些古怪：所學的是動物學，卻到中學堂去做歷史教員；對人總是愛理不理的，卻常喜歡管別人的閒事；常說家庭應該破壞，一領薪水卻一定立即寄給他的祖母，一日也不拖延。此外還有許多零碎的話柄；總之，在S城裏也算是一個給人當作談助的人。有一年的秋天，我在寒石山的一個親戚家裏閒住；他們就姓魏，是連殳的本家。但他們卻更不明白他，彷彿將他當作一個外國人看待，說是「同我們都異樣的」。

這也不足爲奇，中國的興學雖說已經二十年了，寒石山卻連小學也沒有。全山村中，只有連殳是出外遊學的學生，所以從村人看來，他確是一個異類；但也很妒羨，說他掙得許多錢。

到秋末，山村中痢疾流行了；我也自危，就想回到城中去。那時聽說連殳的祖母就染了病，因爲是老年，所以很沉重；山中又沒有一個醫生。所謂他的家屬者，其實就只有一個這祖母，雇一名女工簡單地過活；他幼小失了父母，就由這祖母撫養成人的。聽說她先前也曾經吃

— 115 —

過許多苦，現在可是安樂了。但因為他沒有家小，家中究竟非常寂寞，這大概也就是大家所謂異樣之一端罷。

寒石山離城是旱道一百里，水道七十里，專使人叫連殳去，往返至少就得四天。山村僻陋，這些事便算大家都要打聽的大新聞，第二天便轟傳她病勢已經極重，專差也出發了；可是到四更天竟咽了氣，最後的話，是：「為什麼不肯給我會一會連殳的呢？……」

族長、近房、他的祖母的母家的親丁、閒人，聚集了一屋子，預計連殳的到來，應該已是入殮的時候了。壽材壽衣早已做成，都無須籌畫；他們的第一大問題是在怎樣對付這「承重孫」②，因為逆料他關於一切喪葬儀式，是一定要改變新花樣的。聚議之後，大概商定了三大條件，要他必行。一是穿白，二是跪拜，三是請和尚道士做法事③。總而言之：是全都照舊。

他們既經議妥，便約定在連殳到家的那一天，一同聚在廳前，排成陣勢，互相策應，並力作一回極嚴厲的談判。村人們都嚥著唾沫，新奇地聽候消息；他們知道連殳是「吃洋教」的「新黨」，向來就不講什麼道理，兩面的爭鬥，大約總要開始的，或者還會釀成一種出人意外的奇觀。

傳說連殳的到家是下午，一進門，向他祖母的靈前只是彎了一彎腰。族長們便立刻照預定計畫進行，將他叫到大廳上，先說過一大篇冒頭，然後引入本題，而且大家此唱彼和，七嘴八舌，使他得不到辯駁的機會。但終於話都說完了，沉默充滿了全廳，人們全數悚然地緊看著

他的嘴。只見連殳神色也不動，簡單地回答道：

「都可以的。」

這又很出於他們的意外，大家的心的重擔都放下了，但又似乎反加重，覺得太「異樣」，倒很有些可慮似的。打聽新聞的村人們也很失望，口口相傳道，「奇怪！他說『都可以』哩！我們看去罷！」都可以就是照舊，本來是無足觀了，但他們也還要看，黃昏之後，便欣欣然聚滿了一堂前。

我也是去看的一個，先送了一份香燭；待到走到他家，已見連殳在給死者穿衣服了。原來他是一個短小瘦削的人，長方臉，蓬鬆的頭髮和濃黑的鬚眉占了一臉的小半，只見兩眼在黑氣裏發光。那穿衣也穿得真好，井井有條，彷彿是一個大殮的專家，使旁觀者不覺嘆服。寒石山老例，當這些時候，無論如何，母家的親丁是總要挑剔的；他卻只是默默地，遇見怎麼挑剔便怎麼改，神色也不動。站在我前面的一個花白頭髮的老太太，便發出羨慕感嘆的聲音。

其次是拜；其次是哭，凡女人們都念念有詞。其次入棺；其次又是拜；又是哭，直到釘好了棺蓋。沉靜了一瞬間，大家忽而擾動了，很有驚異和不滿的形勢。我也不由得突然覺到：連殳就始終沒有落過一滴淚，只坐在草薦上，兩眼在黑氣裏閃閃地發光。

大殮便在這驚異和不滿的空氣裏面完畢。大家都快快地，似乎想走散，但連殳卻還坐在

草薦上沉思。忽然，他流下淚來了，接著就失聲，立刻又變成長嚎，像一匹受傷的狼，當深夜在曠野中嗥叫，慘傷裏夾雜著憤怒和悲哀。這模樣，是老例上所沒有的，先前也未曾預防到，大家都手足無措了，遲疑了一會，就有幾個人上前去勸止他，愈去愈多，終於擠成一大堆。但他卻只是兀坐著號啕，鐵塔似的動也不動。

大家又只得無趣地散開；他哭著，哭著，約有半點鐘，這才突然停了下來，也不向弔客招呼，徑自往家裏走。接著就有前去窺探的人來報告：他走進他祖母的房裏，躺在床上，而且，似乎就睡熟了。

隔了兩日，是我要動身回城的前一天，便聽到村人都著了魔似的發議論，說連殳要將所有的器具大半燒給他祖母，餘下的便分贈生時侍奉，死時送終的女工，並且連房屋也要無期地借給她居住了。親戚本家都說到舌敝唇焦，也終於阻擋不住。

恐怕大半也還是因為好奇心，我歸途中經過他家的門口，便又順便去弔慰。他穿了毛邊的白衣出現，神色也還是那樣，冷冷的。我很勸慰了一番；他卻除了唯唯諾諾之外，只回答了一句話，是：

「多謝你的好意。」

二

我們第三次相見就在這年的冬初，S城的一個書舖子裏，大家同時點了一點頭，總算是認識了。但使我們接近起來的，是在這年底我失了職業之後。從此，我便常常訪問他及去。一則，自然是因為無聊賴；二則，因為聽人說，他倒很親近失意的人的，雖然素性這麼冷。但是世事升沉無定，失意人也不會常是失意人，所以他也就很少長久的朋友。這傳說果然不虛，我一投名片，他便接見了。兩間連通的客廳，並無什麼陳設，不過是桌椅之外，排列些書架，大家雖說他是一個可怕的「新黨」，架上卻不很有新書。他已經知道我失了職業；但套話一說就完，主客便只好默默地相對，逐漸沉悶起來。我只見他很快地吸完一枝煙，煙蒂要燒著手指了，才拋在地面上。

「吸煙罷。」他伸手取第二枝煙時，忽然說。

我便也取了一枝，吸著，講些關於教書和書籍的，但也還覺得沉悶。我正想走時，門外一陣喧嚷和腳步聲，四個男女孩子闖進來了。大的八九歲，小的四五歲，手臉和衣服都很髒，而且醜得可以。但是連殳的眼裏卻即刻發出歡喜的光來了，連忙站起，向客廳間壁的房裏走，一面說道：

「大良，二良，都來！你們昨天要的口琴，我已經買來了。」

孩子們便跟著一齊擁進去，立刻又各人吹著一個口琴一擁而出，一出客廳門，不知怎的

便打將起來。有一個哭了。

「一人一個,都一樣的。不要爭呵!」他還跟在後面囑咐。

「這麼多的一群孩子都是誰呢?」我問。

「是房主人的。他們都沒有母親,只有一個祖母。」

「房東只一個人麼?」

「是的。他的妻子大概死了三四年了罷,沒有續娶。——否則,便要不肯將餘屋租給我似的單身人。」他說著,冷冷地微笑了。

我很想問他何以至今還是單身,但因為不很熟,終於不好開口。

只要和連殳一熟識,是很可以談談的。他議論非常多,而且往往頗奇警。使人不耐的倒是他的有些來客,大抵是讀過《沉淪》④的罷,時常自命為「不幸的青年」或是「零餘者」,螃蟹一般懶散而驕傲地堆在大椅子上,一面唉聲嘆氣,一面皺著眉頭吸煙。還有那房主的孩子們,總是互相爭吵,打翻碗碟,硬討點心,亂得人頭昏。但連殳一見他們,卻不像平時那樣的冷冷的了,看得比自己的性命還寶貴。聽說有一回,三良發了紅斑痧,竟急得他臉上的黑氣愈見其黑了;不料那病是輕的,於是後來便被孩子們的祖母傳作笑柄。

「孩子總是好的。他們全是天真……」他似乎也覺得我有些不耐煩了,有一天特地乘機對我說。

「那也不盡然。」我只是隨便回答他。

「不。大人的壞脾氣，在孩子們是沒有的。後來的壞，如你平日所攻擊的壞，那是環境教壞的。」

「不。原來卻並不壞，天真……。我以爲中國的可以希望，只在這一點。」

「不。如果孩子中沒有壞根苗，大起來怎麼會有壞花果？譬如一粒種子，正因爲內中本含有枝葉花果的胚，長大時才能夠發出這些東西來。何嘗是無端……。」我因爲閒著無事，便也如大人先生們一下野，就要吃素談禪⑤一樣，正在看佛經。佛理自然是並不懂得的，但竟也不自檢點，一味任意地說。

然而連受氣忿了，只看了我一眼，不再開口。我也猜不出他是無話可說呢，還是不屑辯。但見他又顯出許久不見的冷冷的態度來，默默地連吸了兩枝煙；待到他再取第三枝時，我便只好逃走了。

這仇恨是歷了三月之久才消釋的。原因大概是一半因爲忘卻，一半則他自己竟也被「天真」的孩子所仇視了，於是覺得我對於孩子的冒瀆的話倒也情有可原。但這不過是我的推測。

其時是在我的寓裏的酒後，他似乎微露悲哀模樣，半仰著頭道：

「想起來真覺得有些奇怪。我到你這裏來時，街上看見一個很小的小孩，拿了一片蘆葉指著我道：殺！他還不很能走路……。」

「這是環境教壞的。」

我即刻很後悔我的話。但他卻似乎並不介意，只竭力地喝酒，其間又竭力地吸煙。

「我倒忘了，還沒有問你，」我便用別的話來支吾，「你是不大訪問人的，怎麼今天有這興致來走走呢？我們相識有一年多了，你到我這裏來卻還是第一回。」

「我正要告訴你呢……你這幾天切莫到我寓裏來看我了。我的寓裏正有很討厭的一大一小在那裏，都不像人！」

「一大一小？這是誰呢？」我有些詫異。

「是我的堂兄和他的小兒子。哈哈，兒子正如老子一般。」

「是上城來看你，帶便玩玩的罷？」

「不。說是來和我商量，就要將這孩子過繼給我的。」

「呵！過繼給你？」我不禁驚叫了，「你不是還沒有娶親麼？」

「他們知道我不娶的了。但這都沒有什麼關係。他們其實是要過繼給我那一間寒石山的破屋子。我此外一無所有，你是知道的；錢一到手就花完。只有這一間破屋子。他們父子的一生的事業是在逐出那一個借住著的老女工。」

他那詞氣的冷峭，實在又使我悚然。但我還慰解他說：

「我看你的本家也還不至於此。他們不過思想略舊一點罷了。譬如，你那年大哭的時候，他們就都熱心地圍著使勁來勸你……」

「我父親死去之後，因為奪我屋子，要我在筆據上畫花押，我大哭著的時候，他們也是這樣熱心地圍著使勁來勸我……。」他兩眼向上凝視，彷彿要在空中尋出那時的情景來。

「總而言之：關鍵就全在你沒有孩子。你究竟為什麼老不結婚的呢？」我忽而尋到了轉舵的話，也是久已想問的話，覺得這時是最好的機會了。

他詫異地看著我，過了一會，眼光便移到他自己的膝髁上去了，於是就吸煙，沒有回答。

三

但是，雖在這一種百無聊賴的境地中，也還不給連殳安住。漸漸地，小報上有匿名人來攻擊他，學界上也常有關於他的流言，可是這已經並非先前似的單是話柄，大概是於他有損的了。我知道這是他近來喜歡發表文章的結果，倒也並不介意。S城人最不願意有人發些沒有顧忌的議論，一有，一定要暗暗地來叮他，這是向來如此的，連殳自己也知道。但到春天，忽然聽說他已被校長辭退了。這卻使我覺得有些兀突；其實，這也是向來如此的，不過因為我希望著自己認識的人能夠倖免，所以就以為兀突罷了，S城人倒並非這一回特別惡。

其時我正忙著自己的生計，一面又在接洽本年秋天到山陽去當教員的事，竟沒有工夫去訪問他。待到有些餘暇的時候，離他被辭退那時大約快有三個月了，可是還沒有發生訪問連殳

— 123 —

的意思。有一天，我路過大街，偶然在舊書攤前停留，卻不禁使我覺到震悚，因為在那裏陳列著的一部汲古閣初印本《史記索隱》⑥，正是連殳的書。他喜歡書，但不是藏書家，這種本子，在他是算作貴重的善本，非萬不得已，不肯輕易變賣的。難道他失業剛才兩三月，就一貧至此麼？雖然他向來一有錢即隨手散去，沒有什麼貯蓄。於是我便決意訪問連殳去，順便在街上買了一瓶燒酒，兩包花生米，兩個燻魚頭。

他的房門關閉著，叫了兩聲，不見答應。我疑心他睡著了，更加大聲地叫，並且伸手拍著房門。

「出去了罷！」大良們的祖母，那三角眼的胖女人，從對面的窗口探出她花白的頭來了，也大聲說，不耐煩似的。

「那裏去了呢？」我問。

「那裏去了？誰知道呢？──他能到那裏去呢，你等著就是，一會兒總會回來的。」

我便推開門走進他的客廳去。真是「一日不見，如隔三秋」⑦，滿眼是淒涼和空空洞洞，不但器具所餘無幾了，連書籍也只剩了在Ｓ城絕沒有人會要的幾本洋裝書。屋中間的圓桌還在，先前曾經常常圍繞著憂鬱慷慨的青年，懷才不遇的奇士和骯髒吵鬧的孩子們的，現在卻見得很閒靜，只在面上蒙著一層薄薄的灰塵。我就在桌上放了酒瓶和紙包，拖過一把椅子來，靠桌旁對著房門坐下。

的確不過是「一會兒」，房門一開，一個人悄悄地陰影似的進來了，正是連殳。也許是

傍晚之故罷，看去彷彿比先前黑，但神情卻還是那樣。

「啊！你在這裏？來得多久了？」他似乎有些喜歡。

「並沒有多久。」我說，「你到那裏去了？」

「並沒有到那裏去，不過隨便走走。」

他也拖過椅子來，在桌旁坐下；我們便開始喝燒酒，一面談些關於他的失業的事。但他

卻不願意多談這些；他以為這是意料中的事，也是自己時常遇到的事，無足怪，而且無可談

的。他照例只是一意喝燒酒，並且依然發些關於社會和歷史的議論。不知怎地我此時看見空空

的書架，也記起汲古閣初印本的《史記索隱》，忽而感到一種淡漠的孤寂和悲哀。

「你的客廳這麼荒涼……。近來客人不多了麼？」

「沒有了。他們以為我心境不佳，來也無意味。心境不佳，實在是可以給人們不舒服

的。冬天的公園，就沒有人去……。」他連喝兩口酒，默默地想著，突然，仰起臉來看著我問

道，「你在圖謀的職業也還是毫無把握罷？……」

我雖然明知他已經有些酒意，但也不禁憤然，正想發話，只見他側耳一聽，便抓起一把

花生米，出去了。門外是大良們笑嚷的聲音。

但他一出去，孩子們的聲音便寂然，而且似乎都走了。他還追上去，說些話，卻不聽得

有回答。他也就陰影似的悄悄地回來，仍將一把花生米放在紙包裏。

「連我的東西也不要吃了。」他低聲，嘲笑似的說。

「連殳，」我很覺得悲涼，卻強裝著微笑，說，「我以為你太自尋苦惱了。你看得人間太壞……。」

他冷冷的笑了一笑。

「我的話還沒有完哩。你對於我們，偶而來訪問你的我們，也以為因為閒著無事，所以來你這裏，將你當作消遣的資料的罷？」

「並不。但有時也這樣想。或者尋些談資。」

「那你可錯誤了。人們其實並不這樣。你實在親手造了獨頭繭⑧，將自己裹在裏面了。你應該將世間看得光明些。」我嘆息著說。

「也許如此罷。但是，你說：那絲是怎麼來的？——自然，世上也盡有這樣的人，譬如，我的祖母就是。我雖然沒有分得她的血液，卻也許會繼承她的運命。然而這也沒有什麼要緊，我早已預先一起哭過了……。」

我即刻記起他祖母大殮時候的情景來，如在眼前一樣。

「我總不解你那時的大哭……。」於是鶻突地問了。

「我的祖母入殮的時候罷？是的，你不解的。」他一面點燈，一面冷靜地說，「你的和

我交往，我想，還正因爲那時的哭哩。你不知道，這祖母，是我父親的繼母；他的生母，他三歲時候就死去了。」他想著，默默地喝酒，吃完了一個燻魚頭。

「那些往事，我原是不知道的。只是我從小時候就覺得不可解。那時我的父親還在，家景也還好，正月間一定要懸掛祖像，盛大地供養起來。看著這許多盛裝的畫像，在我那時似乎是不可多得的眼福。但那時，抱著我的一個女工總指了一幅像說：『這是你自己的祖母。拜拜罷，保佑你生龍活虎似的大得快。』我真不懂得我明明有著一個祖母，怎麼又會有什麼『自己的祖母』來。可是我愛這『自己的祖母』，她不比家裏的祖母一般老；她年輕，好看，穿著描金的紅衣服，戴著珠冠，和我母親的像差不多。我看她時，她的眼睛也注視我，而且口角上漸漸增多了笑影：我知道她一定也是極其愛我的。

「然而我也愛那家裏的，終日坐在窗下慢慢地做針線的祖母。雖然無論我怎樣高興地在她面前玩笑，叫她，也不能引她歡笑，常使我覺得冷冷地，和別人的祖母們有些不同。但我還愛她。可是到後來，我逐漸疏遠她了；這也並非因爲年紀大了，已經知道她不是我父親的生母的緣故，倒是看久了終日終年的做針線，機器似的，自然免不了要發煩。但她卻還是先前一樣，做針線；管理我，也愛護我，雖然少見笑容，卻也不加呵斥。直到我父親去世，還是這樣；後來呢，我們幾乎全靠她做針線過活了，自然更這樣，直到我進學堂⋯⋯。」

燈火消沉下去了，煤油已經將涸，他便站起，從書架下摸出一個小小的洋鐵壺來添煤

油。

「只這一月裏，煤油已經漲價兩次了……。」他旋好了燈頭，慢慢地說。「生活要日見其困難起來。——她後來還是這樣，直到我畢業，有了事做，生活比先前安定些；恐怕還直到她生病，實在打熬不住了，只得躺下的時候罷……。

「她的晚年，據我想，是總算不很辛苦的，享壽也不小了，正無須我來下淚。況且哭的人不是多著麼？連先前竭力欺凌她的人們也哭，至少是臉上很慘然。哈哈！……可是我那時不知怎地，將她的一生縮在眼前了，親手造成孤獨，又放在嘴裏去咀嚼的人的一生。而且覺得這樣的人還很多哩。這些人們，就使我要痛哭，但大半也還是因為我那時太過於感情用事……。

「你現在對於我的意見，就是我先前對於她的意見。然而我的那時的意見，其實也不對的。便是我自己，從略知世事起，就的確逐漸和她疏遠起來了……。」

他沉默了，指間夾著煙卷，低了頭，想著。燈火在微微地發抖。

「呵，人要使死後沒有一個人為他哭，是不容易的事呵。」他自言自語似的說；略略一停，便仰起臉來向我道，「想來你也無法可想。我也還得趕緊尋點事情做……。」

「你再沒有可託的朋友了麼？」我這時正是無法可想，連自己。

「那倒大概還有幾個的，可是他們的境遇都和我差不多……。」

我辭別連殳出門的時候，圓月已經升在中天了，是極靜的夜。

四

山陽的教育事業的狀況很不佳。我到校兩月，得不到一文薪水，只得連煙卷也節省起來。但是學校裏的人們，雖是月薪十五六元的小職員，也沒有一個不是樂天知命的，仗著逐漸打熬成功的銅筋鐵骨，面黃肌瘦地從早辦公一直到夜，其間看見名位較高的人物，還得恭恭敬敬地站起，實在都是不必「衣食足而知禮節」⑨的人民。我每看見這情狀，不知怎的總記起連殳臨別託付我的話來。他那時生計更其不堪了，窘相時時顯露，看去似乎已沒有往時的深沉，知道我就要動身，深夜來訪，遲疑了許久，才吞吞吐吐地說道：

「不知道那邊可有法子想？——便是抄寫，一月二三十塊錢的也可以的。我……。」

我很詫異了，還不料他竟肯這樣的遷就，一時說不出話來。

「我……，我還得活幾天……。」

「那邊去看一看，一定竭力去設法罷。」

這是我當日一口承當的答話，後來常常自己聽見，眼前也同時浮出連殳的相貌，而且吞吞吐吐地說道「我還得活幾天」。到這些時，我便設法向各處推荐一番；但有什麼效驗呢，事少人多，結果是別人給我幾句抱歉的話，我就給他幾句抱歉的信。到一學期將完的時候，那情

形就更加壞了起來。那地方的幾個紳士所辦的《學理週報》上，竟開始攻擊我了，自然是決不指名的，但措辭很巧妙，使人一見就覺得我是在挑剔學潮⑩，連推薦連殳的事，也算是呼朋引類。

我只好一動不動，除上課之外，便關起門來躲著，有時連煙卷的煙鑽出窗隙去，也怕犯了挑剔學潮的嫌疑。連殳的事，自然更是無從說起了。這樣地一直到深冬。

下了一天雪，到夜還沒有止，屋外一切靜極，靜到要聽出靜的聲音來。我在小小的燈火光中，閉目枯坐，如見雪花片片飄墜，來增補這一望無際的雪堆；故鄉也準備過年了，人們忙得很；我自己還是一個兒童，在後園的平坦處和一夥小朋友塑雪羅漢。雪羅漢的眼睛是用兩塊小炭嵌出來的，顏色很黑，這一閃動，便變了連殳的眼睛。

「我還得活幾天！」仍是這樣的聲音。

「為什麼呢？」我無端地這樣問，立刻連自己也覺得可笑了。

這可笑的問題使我清醒，坐直了身子，點起一枝煙卷來；推窗一望，雪果然下得更大了。聽得有人叩門；不一會，一個人走進來，但是聽熟的客寓雜役的腳步。他推開我的房門，交給我一封六寸多長的信，字跡很潦草，然而一瞥便認出「魏緘」兩個字，是連殳寄來的。

這是從我離開S城以後他給我的第一封信。我知道他疏懶，本不以杳無消息為奇，但有時也頗怨他不給一點消息。待到接了這信，可又無端地覺得奇怪了，慌忙拆開來。裏面也用了

一樣潦草的字體，寫著這樣的話：

「申飛……。

「我稱你什麼呢？我空著。你自己願意稱什麼，你自己添上去罷。我都可以的。

「別後共得三信，沒有覆。這原因很簡單：我連買郵票的錢也沒有。

「你或者願意知道些我的消息，現在簡直告訴你罷：我失敗了。先前，我自以為是失敗者，現在知道那並不，現在才真是失敗者了。先前，還有人願意我活幾天，我自己也還想活幾天的時候，活不下去；現在，大可以無需了，然而要活下去……。

「然而就活下去麼？

「願意我活幾天的，自己就活不下去。這人已被敵人誘殺了。誰殺的呢？誰也不知道。

「人生的變化多麼迅速呵！這半年來，我幾乎求乞了，實際，也可以算得已經求乞。然而我還有所為，我願意為此求乞，為此凍餒，為此寂寞，為此辛苦。但滅亡是不願意的。你看，有一個願意我活幾天的，那力量就這麼大。然而現在是沒有了，連這一個也沒有了。同時，我自己也覺得不配活下去：別人呢？也不配的。同時，我自己又覺得偏要為不願意我活下去的人們而活下去；好在願意我好好地活下去的已經沒有了，再沒有誰痛心。使這樣的人痛心，我是不願意的。然而現在是沒有了，連這一個也沒有了。快活極了，舒服極了；我已經躬行我先前所憎惡，所反對的一切，拒斥我先前所崇仰，所主張的一切了。我已經真的失

敗，——然而我勝利了。

「你以爲我發了瘋麼？你以爲我成了英雄或偉人了麼？不，不的。這事情很簡單；我近來已經做了杜師長的顧問，每月的薪水就有現洋八十元了。

「申飛……。

「你將以我爲什麼東西呢，你自己定就是，我都可以的。

「你大約還記得我舊時的客廳罷，我們在城中初見和將別時候的客廳。現在我還用著這客廳。這裏有新的賓客，新的饋贈，新的頌揚，新的鑽營，新的磕頭和打拱，新的打牌和猜拳，新的冷眼和惡心，新的失眠和吐血……。

「你前信說你教書很不如意。你願意也做顧問麼？可以告訴我，我給你辦。其實是做門房也不妨，一樣地有新的賓客和新的饋贈，新的頌揚……。

「我這裏下大雪了。你那裏怎樣？現在已是深夜，吐了兩口血，使我清醒起來。記得你竟從秋天以來陸續給了我三封信，這是怎樣的可以驚異的事呵。我必須寄給你一點消息，你或者不至於倒抽一口冷氣罷。

「此後，我大約不再寫信的了，我這習慣是你早已知道的。何時回來呢？倘早，當能相見。——但我想，我們大概究竟不是一路的；那麼，請你忘記我罷。我從我的真心感謝你先前常替我籌畫生計。但是現在忘記我罷；我現在已經『好』了。

這雖然並不使我「倒抽一口冷氣」，但草草一看之後，又細看了一遍，卻總有些不舒服，而同時可又夾雜些快意和高興；又想，他的生計總算已經不成問題，我的擔子也可以放下了，雖然在我這一面始終不過是無法可想。忽而又想寫一封信回答他，但又覺得沒有話說，於是這意思也立即消失了。

我的確漸漸地在忘卻他。在我的記憶中，他的面貌也不再時常出現。但得信之後不到十天，S城的學理七日報社忽然接續著郵寄他們的《學理七日報》來了。我是不大看這些東西的，不過既經寄到，也就隨手翻翻。這卻使我記起連殳來，因為裏面常有關於他的詩文，如《雪夜謁連殳先生》，《連殳顧問高齋雅集》等等；有一回，《學理閒譚》裏還津津地敘述他先前所被傳為笑柄的事，稱作「逸聞」，言外大有「且夫非常之人，必能行非常之事」⑪的意思。

不知怎地雖然因此記起，但他的面貌卻總是逐漸模糊；然而又似乎和我日加密切起來，往往無端感到一種連自己也莫名其妙的不安和極輕微的震顫。幸而到了秋季，這《學理七日報》就不寄來了；山陽的《學理周刊》上卻又按期登起一篇長論文：《流言即事實論》。裏面還說，關於某君們的流言，已在公正士紳間盛傳了。這是專指幾個人的，有我在內；我只好極

連殳。十二月十四日。」

小心，照例連吸煙卷的煙也謹防飛散。小心是一種忙的苦痛，因此會百事俱廢，自然也無暇記得連殳。總之：我其實已經將他忘卻了。

但我也終於敷衍不到暑假，五月底，便離開了山陽。

五

從山陽到歷城，又到太谷，一總轉了大半年，終於尋不出什麼事情做，我便又決計回S城去了。到時是春初的下午，天氣欲雨不雨，一切都罩在灰色中；舊寓裏還有空房，仍然住下。在道上，就想起連殳的了，到後，便決定晚飯後去看他。我提著兩包聞喜名產的煮餅，走了許多潮濕的路，讓道給許多攔路高臥的狗，這才總算到了連殳的門前。裏面彷彿特別明亮似的。我想，一做顧問，連寓裏也格外光亮起來了，不覺在暗中一笑。但仰面一看，門旁卻白白的，分明貼著一張斜角紙⑫。我又想，大良們的祖母死了罷；同時也跨進門，一直向裏面走。

微光所照的院子裏，放著一具棺材，旁邊站著一個穿軍衣的兵或是馬弁，還有一個和他談話的，看時卻是大良的祖母，另外還閒站著幾個短衣的粗人。我的心即刻跳起來了。她也轉過臉來凝視我。

「啊呀！您回來了？何不早幾天……。」她忽而大叫起來。

「誰……誰沒有了？」我其實是已經大概知道的了，但還是問。

— 134 —

「魏大人，前天沒有的。」

我四顧，客廳裏暗沉沉的，大約只有一盞燈；正屋裏卻掛著白的孝幃，幾個孩子聚在屋外，就是大良二良們。

「他停在那裏，」大良的祖母走向前，指著說，「魏大人恭喜之後，我把正屋也租給他了；他現在就停在那裏。」

孝幃上沒有別的，前面是一張條桌，一張方桌；方桌上擺著十來碗飯菜。我剛跨進門，當面忽然現出兩個穿白長衫的來攔住了，瞪了死魚似的眼睛，從中發出驚疑的光來，釘住了我的臉。我慌忙說明我和連殳的關係，大良的祖母也來從旁證實，他們的手和眼光這才逐漸弛緩下去，默許我近前去鞠躬。

我一鞠躬，地下忽然有人嗚嗚的哭起來了，定神看時，一個十多歲的孩子伏在草薦上，也是白衣服，頭髮剪得很光的頭上還絡著一大綹苧麻絲⑬。

我和他們寒暄後，知道一個是連殳的從堂兄弟，要算最親的了；一個是遠房姪子。我請求看一看故人，他們卻竭力攔阻，說是「不敢當」的。然而終於被我說服了，將孝幃揭起。

這回我會見了死的連殳。但是奇怪！他雖然穿一套皺的短衫褲，大襟上還有血跡，臉上也瘦削得不堪，然而面目卻還是先前那樣的面目，寧靜地閉著嘴，合著眼，睡著似的，幾乎要使我伸手到他鼻子前面，去試探他可是其實還在呼吸著。

一切是死一般靜，死的人和活的人。我退開了，他的從堂兄弟卻又來周旋，說「舍弟」正在年富力強，前程無限的時候，竟遽爾「作古」了，這不但是「衰宗」不幸，也太使朋友傷心。言外頗有替連殳道歉之意；這樣地能說，在山鄉中人是少有的。但此後也就沉默了，一切是死一般靜，死的人和活的人。

我覺得很無聊，怎樣的悲哀倒沒有，便退到院子裏，和大良們的祖母閒談起來。知道入殮的時候是臨近了，只待壽衣送到；釘棺材釘時，「子午卯酉」四生肖是必須躲避的。她談得高興了，說話滔滔地泉流似的湧出，說到他的病狀，說到他生時的情景，也帶些關於他的批評。

「你可知道魏大人自從交運之後，人就和先前兩樣了，臉也抬高起來，氣昂昂的。對人也不再先前那麼迂。你知道，他先前不是像一個啞子，見我是叫老太太的麼？後來就叫『老傢伙』。唉唉，真是有趣。人送他仙居術⑭，他自己是不吃的，就摔在院子裏，──就是這地方，──叫道，『老傢伙，你吃去罷。』他交運之後，人來人往，我把正屋也讓給他住了，自己便搬在這廂房裏。他也真是一走紅運，就與眾不同，我們就常常這樣說。要是你早來一個月，還趕得上看這裏的熱鬧，三日兩頭的猜拳行令，說的說，笑的笑，唱的唱，做詩的做詩，打牌的打牌……。

「他先前怕孩子們比孩子們見老子還怕，總是低聲下氣的。近來可也兩樣了，能說能鬧，我們的大良們也很喜歡和他玩，一有空，便都到他的屋裏去。他也用種種方法逗著玩；要

他買東西，他就要孩子裝一聲狗叫，或者磕一個響頭。哈哈，真是過得熱鬧。前兩月二良要他買鞋，還磕了三個響頭哩，哪，現在還穿著，沒有破呢。」

一個穿白長衫的人出來了，她就住了口。我打聽連殳的病症，她卻不大清楚，只說大約是早已瘦了下去的罷，可是誰也沒理會，因為他總是高高興興的。到一個多月前，這才聽到他吐過幾回血，但似乎也沒有看醫生；後來躺倒了；死去的前三天，就啞了喉嚨，說不出一句話。十三大人從寒石山路遠迢迢地上城來，問他可有存款，他一聲也不響。十三大人疑心他裝出來的，也有人說有些癆病死的人是要說不出話來的，誰知道呢……。

「可是魏大人的脾氣也太古怪，」她忽然低聲說，「他就不肯積蓄一點，水似的花錢。十三大人還疑心我們得了什麼好處。有什麼屁好處呢？他就冤裏冤枉糊裏糊塗地花掉了。譬如買東西，今天買進，明天又賣出，弄破，真不知道是怎麼一回事。待到死了下來，什麼也沒有，都糟掉了。要不然，今天也不至於這樣地冷靜……。

「他就是胡鬧，不想辦一點正經事。我是想到過的，也勸過他。這麼年紀了，應該成家；照現在的樣子，結一門親很容易；如果沒有門當戶對的，先買幾個姨太太也可以……人是總應該像個樣子的。可是他一聽到就笑起來，說道，『老傢伙，你還是總替別人惦記著這等事麼？』你看，他近來就浮而不實，不把人的好話當好話聽。要是早聽了我的話，現在何至於獨自冷清清地在陰間摸索，至少，也可以聽到幾聲親人的哭聲……。」

— 137 —

一個店伙背了衣服來了。三個親人便檢出裏衣，走進幃後去。不多久，孝幃揭起了，裏衣已經換好，接著是加外衣。這很出我意外。一條土黃的軍褲穿上了，嵌著很寬的紅條，其次穿上去的是軍衣，金閃閃的肩章，也不知道是什麼品級，那裏來的品級。到入棺，是連殳很不安帖地躺著，腳邊放一雙黃皮鞋，腰邊放一柄紙糊的指揮刀，骨瘦如柴的灰黑的臉旁，是一頂金邊的軍帽。

三個親人扶著棺沿哭了一場，止哭拭淚；頭上絡麻線的孩子退出去了，三良也避去，大約都是屬「子午卯酉」之一的。

粗人打起棺蓋來，我走近去最後看一看永別的連殳。

他在不安帖的衣冠中，安靜地躺著，閣了眼，閉著嘴，口角間彷彿含著冰冷的微笑，冷笑著這可笑的死屍。

敲釘的聲音一響，哭聲也同時迸出來。這哭聲使我不能聽完，只好退到院子裏；順腳一走，不覺出了大門了。潮濕的路極其分明，仰看太空，濃雲已經散去，掛著一輪圓月，散出冷靜的光輝。

我快步走著，彷彿要從一種沉重的東西中衝出，但是不能夠。耳朵中有什麼掙扎著，久之，久之，終於掙扎出來了，隱約像是長嗥，像一匹受傷的狼，當深夜在曠野中嗥叫，慘傷裏夾雜著憤怒和悲哀。

我的心地就輕鬆起來，坦然地在潮濕的石路上走，月光底下。

一九二五年十月十七日畢。

注釋

① 本篇在收入本書前未在報刊上發表過。

② 「承重孫」　按封建宗法制度，長子先亡，由嫡長孫代替亡父充當祖父母喪禮的主持人，稱承重孫。

③ 法事　原指佛教徒念經、供佛一類活動。這裡指和尚、道士超度亡魂的迷信儀式，也叫「做功德」。

④ 《沉淪》　郁達夫（1896-1945）著的小說集，內收中篇小說《沉淪》和短篇小說《南遷》、《銀灰色的死》，一九二一年十月上海泰東圖書局出版。這些作品以「不幸的青年」或「零餘者」為主人公，反映當時一部分小資產階級知識分子在帝國主義、封建勢力壓抑下的憂鬱、苦悶和自暴自棄的病態心理，帶有頹廢的傾向。

⑤ 吃素談禪　談禪，指談論佛教教義。當時軍閥官僚在失勢後，往往發表下野「宣言」或「通電」，宣稱出洋遊歷或隱居山林、吃齋念佛，從此不問國事等，實則窺測方向，伺機再起。

⑥《史記索隱》 唐代司馬貞注釋《史記》的書，共三十卷。汲古閣是明末藏書家毛晉的藏書室。《史記索隱》是毛晉重刻的宋版書之一。

⑦「一日不見，如隔三秋」 語出《詩經‧王風‧采葛》：「一日不見，如三秋兮。」

⑧獨頭繭 紹興方言稱孤獨的人爲獨頭。蠶吐絲作繭，將自己孤獨地裹在裡面，所以這裡用「獨頭繭」比喻自甘孤獨的人。

⑨「衣食足而知禮節」 語出《管子‧牧民》：「倉廩實則知禮節，衣食足則知榮辱。」

⑩挑剔學潮 一九二五年五月，作者和其他六位北京女子師範大學教授發表了支持該校學生反對反動的學校當局的宣言，陳西瀅於同月《現代評論》第一卷第二十五期發表的《閒話》中，攻擊作者等是「暗中挑剔風潮」。作者在這裡借用此語，含有諷刺陳西瀅文句不通的意味。

⑪「且夫非常之人，必能行非常之事」 語出《史記‧司馬相如列傳》：「蓋世必有非常之人，然後有非常之事。」

⑫斜角紙 我國舊時民間習俗，人死後在大門旁斜貼一張白紙，紙上寫明死者的性別和年齡，入殮時需要避開的是哪些生肖的人，以及「殃」和「煞」的種類、日期，使別人知道避忌。（這就是所謂「殃榜」。據清代范寅《越諺》：煞神，「人首雞身」，「人死必如期至，犯之輒死」。）

⑬苧麻絲 指「麻冠」（以苧麻編成）。舊時習俗，死者的兒子或承重孫在守靈和送殯時戴用，作

為「重孝」的標誌。

⑭**仙居術** 浙江省仙居縣所產的藥用植物白術。

傷逝①

——涓生的手記

如果我能夠，我要寫下我的悔恨和悲哀，為子君，為自己。

會館②裏的被遺忘在偏僻裏的破屋是這樣地寂靜和空虛。時光過得真快，我愛子君，仗著她逃出這寂靜和空虛，已經滿一年了。事情又這麼不湊巧，我重來時，偏偏空著的又只有這一間屋。依然是這樣的破窗，這樣的窗外的半枯的槐樹和老紫藤，這樣的窗前的方桌，這樣的敗壁，這樣的靠壁的板床。深夜中獨自躺在床上，就如我未曾和子君同居以前一般，過去一年中的時光全被消滅，全未有過，我並沒有曾經從這破屋子搬出，在吉兆胡同創立了滿懷希望的小小的家庭。

不但如此。在一年之前，這寂靜和空虛是並不這樣的，常常含著期待；期待子君的到來。在久待的焦躁中，一聽到皮鞋的高底尖觸著磚路的清響，是怎樣地使我驟然生動起來呵！於是就看見帶著笑渦的蒼白的圓臉，蒼白的瘦的臂膊，布的有條紋的衫子，玄色的裙。她又帶了窗外的半枯的槐樹的新葉來，使我看見，還有掛在鐵似的老幹上的一房一房的紫白的藤花。

然而現在呢，只有寂靜和空虛依舊，子君卻決不再來了，而且永遠，永遠地！……

子君不在我這破屋裏時，我什麼也看不見。在百無聊賴中，順手抓過一本書來，科學也

好，文學也好，橫豎什麼都一樣；看下去，看下去，忽而自己覺得，已經翻了十多頁了，但是毫不記得書上所說的事。只是耳朵卻分外地靈，彷彿聽到大門外一切往來的履聲，從中便有子君的，而且橐橐地逐漸臨近，——但是，往往又逐漸渺茫，終於消失在別的步聲的雜沓中了。

我憎惡那不像子君鞋聲的穿布底鞋的長班③的兒子，我憎惡那太像子君鞋聲的常常穿著新皮鞋的鄰院的搽雪花膏的小東西！

莫非她翻了車麼？莫非她被電車撞傷了麼？……

我便要取了帽子去看她，然而她的胞叔就曾經當面罵過我。

驀然，她的鞋聲近來了，一步響於一步，迎出去時，卻已經走過紫藤棚下，臉上帶著微笑的酒窩。她在她叔子的家裏大約並未受氣；我的心寧貼了，默默地相視片時之後，破屋裏便漸漸充滿了我的語聲，談家庭專制，談打破舊習慣，談男女平等，談伊孛生，談泰戈爾，談雪萊④……。她總是微笑點頭，兩眼裏瀰漫著稚氣的好奇的光澤。壁上就釘著一張銅板的雪萊半身像，是從雜誌上裁下來的，是他的最美的一張像。當我指給她看時，她卻只草草一看，便低了頭，似乎不好意思了。這些地方，子君就大概還未脫盡舊思想的束縛，——我後來也想，倒不如換一張雪萊淹死在海裏的紀念像或是伊孛生的罷；但也終於沒有換，現在是連這一張也不知那裏去了。

「我是我自己的，他們誰也沒有干涉我的權利！」

這是我們交際了半年，又談起她在這裏的胞叔和在家的父親時，她默想了一會之後，分明地，堅決地，沉靜地說了出來的話。其時是我已經說盡了我的意見，我的身世，我的缺點，很少隱瞞；她也完全瞭解的了。這幾句話很震動了我的靈魂，此後許多天還在耳中發響，而且說不出的狂喜，知道中國女性，並不如厭世家所說那樣的無法可施，在不遠的將來，便要看見輝煌的曙色的。

送她出門，照例是相離十多步遠；照例是那鮎魚鬚的老東西的臉又緊貼在髒的窗玻璃上了，連鼻尖都擠成一個小平面；到外院，照例又是明晃晃的玻璃窗裏的那小東西的臉，加厚的雪花膏。她目不邪視地驕傲地走了，沒有看見；我驕傲地回來。

「我是我自己的，他們誰也沒有干涉我的權利！」這徹底的思想就在她的腦裏，比我還透徹，堅強得多。半瓶雪花膏和鼻尖的小平面，於她能算什麼東西呢？

我已經記不清那時怎樣地將我的純真熱烈的愛表示給她。豈但現在，那時的事後便已模糊，夜間回想，早只剩了一些斷片了；同居以後一兩月，便連這些斷片也化作無可追蹤的夢影。我只記得那時以前的十幾天，曾經很仔細地研究過表示的態度，排列過措辭的先後，以及倘或遭了拒絕以後的情形。可是臨時似乎都無用，在慌張中，身不由己地竟用了在電影上見過的方法了。後來一想到，就使我很愧恧，但在記憶上卻偏只有這一點永遠留遺，至今還如暗室的孤燈一般，照見我含淚握著她的手，一條腿跪了下去……。

不但我自己的，便是子君的言語舉動，我那時就沒有看得分明；僅知道她已經允許我了。但也還彷彿記得她臉色變成青白，後來又漸漸轉作緋紅，——沒有見過，也沒有再見的緋紅；孩子似的眼裏射出悲喜，但是夾著驚疑的光，雖然力避我的視線，張皇地似乎要破窗飛去。然而我知道她已許我了，沒有知道她怎樣說或是沒有說。

她卻是什麼都記得：我的言辭，竟至於讀熟了的一般，能夠滔滔背誦；我的舉動，就如有一張我所看不見的影片掛在眼下，敘述得如生，很細微，自然連那使我不願再想的淺薄的電影的一閃。夜闌人靜，是相對溫習的時候了，我常是被質問，被考驗，並且被命複述當時的言語，然而常須由她補足，由她糾正，像一個丁等的學生。

這溫習後來也漸漸稀疏起來。但我只要看見她兩眼注視空中，出神似的凝想著，於是神色越加柔和，笑窩也深下去，便知道她又在自修舊課了，只是我很怕她看到我那可笑的電影的一閃。但我又知道，她一定要看見，而且也非看不可的。

然而她並不覺得可笑。即使我自己以為可笑，甚而至於可鄙的，她也毫不以為可笑。這事我知道得很清楚，因為她愛我，是這樣地熱烈，這樣地純真。

去年的暮春是最為幸福，也是最為忙碌的時光。我的心平靜下去了，但又有別一部分和身體一同忙碌起來。我們這時才在路上同行，也到過幾回公園，最多的是尋住所。我覺得在路上時時遇到探索，譏笑，猥褻和輕蔑的眼光，一不小心，便使我的全身有些瑟縮，只得即刻提

起我的驕傲和反抗來支持。她卻是大無畏的，對於這些全不關心，只是鎮靜地緩緩前行，坦然如入無人之境。

尋住所實在不是容易事，大半是被托辭拒絕，小半是我們以爲不相宜。起先我們選擇得很苛酷，——也非苛酷，因爲看去大抵不像是我們的安身之所；後來，便只要他們能相容了。看了二十多處，這才得到可以暫且敷衍的處所，是吉兆胡同一所小屋裏的兩間南屋；主人是一個小官，然而倒是明白人，自住著正屋和廂房。他只有夫人和一個不到周歲的女孩子，雇一個鄉下的女工，只要孩子不啼哭，是極其安閒幽靜的。

我們的傢俱很簡單，但已經用去了我的籌來的款子的大半；子君還賣掉了她唯一的金戒指和耳環。我攔阻她，還是定要賣，我也就不再堅持下去了；我知道不給她加入一點股份去，她是住不舒服的。

和她的叔子，她早經鬧開，至於使他氣憤到不再認她做侄女；我也陸續和幾個自以爲忠告，其實是替我膽怯，或者竟是嫉妒的朋友絕了交。然而這倒很清靜。每日辦公散後，雖然已近黃昏，車夫又一定走得這樣慢，但究竟還有二人相對的時候。我們先是沉默的相視，接著是放懷而親密的交談，後來又是沉默。大家低頭沉思著，卻並未想著什麼事。我也漸漸清醒地讀遍了她的身體，她的靈魂，不過三星期，我似乎於她已經更加瞭解，揭去許多先前以爲瞭解而現在看來卻是隔膜，即所謂真的隔膜了。

子君也逐日活潑起來。但她並不愛花，我在廟會⑤時買來的兩盆小草花，四天不澆，枯死在壁角了，我又沒有照顧一切的閒暇。然而她愛動物，也許是從官太太那裏傳染的罷，不一月，我們的眷屬便驟然加得很多，四隻小油雞，在小院子裏和房主人的十多隻在一同走。但她們卻認識雞的相貌，各知道那一隻是自家的。還有一隻花白的叭兒狗，從廟會買來，記得似乎原有名字，子君卻給它另起了一個，叫作阿隨。我就叫它阿隨，但我不喜歡這名字。

這是真的，愛情必須時時更新，生長，創造。我和子君說起這，她也領會地點點頭。

唉唉，那是怎樣的寧靜而幸福的夜呵！

安寧和幸福是要凝固的，永久是這樣的安寧和幸福。我們在會館裏時，還偶有議論的衝突和意思的誤會，自從到吉兆胡同以來，連這一點也沒有了；我們只在燈下對坐的懷舊譚中，回味那時衝突以後的和解的重生一般的樂趣。

子君竟胖了起來，臉色也紅活了；可惜的是忙。管了家務便連談天的工夫也沒有，何況讀書和散步。我們常說，我們總還得雇一個女工。

這就使我也一樣地不快活，傍晚回來，常見她包藏著不快活的顏色，尤其使我不樂的是她要裝作勉強的笑容。幸而探聽出來了，也還是和那小官太太的暗鬥，導火線便是兩家的小油雞。但又何必硬不告訴我呢？人總該有一個獨立的家庭。這樣的處所，是不能居住的。

我的路也鑄定了，每星期中的六天，是由家到局，又由局到家。在局裏便坐在辦公桌前

抄，抄，抄些公文和信件；在家裏是和她相對或幫她生白爐子，煮飯，蒸饅頭。我的學會了煮

飯，就在這時候。

但我的食品卻比在會館裏時好得多了。做菜雖不是子君的特長，然而她於此卻傾注著全

力；對於她的日夜的操心，使我也不能不一同操心，來算作分甘共苦。況且她又這樣地終日汗

流滿面，短髮都黏在腦額上；兩隻手又只是這樣地粗糙起來。

況且還要飼阿隨，飼油雞，……都是非她不可的工作。

我曾經忠告她：我不吃，倒也罷了；卻萬不可這樣地操勞。她只看了我一眼，不開口，

神色卻似乎有點淒然；我也只好不開口。然而她還是這樣地操勞。

我所預期的打擊果然到來。雙十節的前一晚，我呆坐著，她在洗碗。聽到打門聲，我去

開門時，是局裏的信差，交給我一張油印的紙條。我就有些料到了，到燈下去一看，果然，印

著的就是：

奉

局長諭史涓生著毋庸到局辦事

　　　　　　秘書處啓　　十月九號

這在會館裏時，我就早已料到了；那雪花膏便是局長的兒子的賭友，一定要去添些謠言，設法報告的。到現在才發生效驗，已經要算是很晚的了。其實這在我不能算是一個打擊，因為我早就決定，可以給別人去抄寫，或者教讀，或者雖然費力，也還可以譯點書，況且《自由之友》的總編輯便是見過幾次的熟人，兩月前還通過信。但我的心卻跳躍著。那麼一個無畏的子君也變了色，尤其使我痛心；她近來似乎也較為怯弱了。

「那算什麼。哼，我們幹新的。我們……。」她說。

她的話沒有說完；不知怎地，那聲音在我聽去卻只是浮浮的；燈光也覺得格外黯淡。人們真是可笑的動物，一點極微末的小事情，便會受著很深的影響。我們先是默默地相視，逐漸商量起來，終於決定將現有的錢竭力節省，一面登「小廣告」去尋求抄寫和教讀，一面寫信給《自由之友》的總編輯，說明我目下的遭遇，請他收用我的譯本，給我幫一點艱辛時候的忙。

「說做，就做罷！來開一條新的路！」

我立刻轉身向了書案，推開盛香油的瓶子和醋碟，子君便送過那黯淡的燈來。我先擬廣告；其次是選定可譯的書，遷移以來未曾翻閱過，每本的頭上都滿漫著灰塵了；最後才寫信。

我很費躊躕，不知道怎樣措辭好，當停筆凝思的時候，轉眼去一瞥她的臉，在昏暗的燈光下，又很見得淒然。我真不料這樣微細的小事情，竟會給堅決的，無畏的子君以這麼顯著的

變化。她近來實在變得很怯弱了，但也並不是今夜才開始的。我的心因此更繚亂，忽然有安寧的生活的影像——會館裏的破屋的寂靜，在眼前一閃，剛剛想定睛凝視，卻又看見了昏暗的燈光。

許久之後，信也寫成了，是一封頗長的信；很覺得疲勞，彷彿近來自己也較為怯弱了。於是我們決定，廣告和發信，就在明日一同實行。大家不約而同地伸直了腰肢，在無言中，似乎又都感到彼此的堅忍倔強的精神，還看見從新萌芽起來的將來的希望。

外來的打擊其實倒是振作了我們的新精神。局裏的生活，原如鳥販子手裏的禽鳥一般，僅有一點小米維繫殘生，決不會肥胖；日子一久，只落得麻痺了翅子，即使放出籠外，早已不能奮飛。現在總算脫出這牢籠了，我從此要在新的開闊的天空中翱翔，趁我還未忘卻了我的翅子的扇動。

小廣告是一時自然不會發生效力的；但譯書也不是容易事，先前看過，以為已經懂得的，一動手，卻疑難百出了，進行得很慢。然而我決計努力地做，一本半新的字典，不到半月，邊上便有了一大片烏黑的指痕，這就證明著我的工作的切實。《自由之友》的總編輯曾經說過，他的刊物是決不會埋沒好稿子的。

可惜的是我沒有一間靜室，子君又沒有先前那麼幽靜，善於體貼了，屋子裏總是散亂著碗碟，瀰漫著煤煙，使人不能安心做事，但是這自然還只能怨我自己無力置一間書齋。然而又加以阿隨，加以油雞們。加以油雞們又大起來了，更容易成為兩家爭吵的引線。

加以每日的「川流不息」的吃飯；子君的功業，彷彿就完全建立在這吃飯中。吃了籌錢，籌來吃飯，還要餵阿隨，飼油雞；她似乎將先前所知道的全都忘掉了，也不想到我的構思就常常為了這催促吃飯而打斷。即使在座中給看一點怒色，她總是不改變，仍然毫無感觸似的大嚼起來。

使她明白了我的工作不能受規定的吃飯的束縛，就費去五星期。她明白之後，大約很不高興罷，可是沒有說。我的工作果然從此較為迅速地進行，不久就共譯了五萬言，只要潤飾一回，便可以和做好的兩篇小品，一同寄給《自由之友》去。只是吃飯卻依然給我苦惱。菜冷，是無妨的，然而竟不夠；有時連飯也不夠，雖然我因為終日坐在家裏用腦，飯量已經比先前要減少得多。這是先去餵了阿隨了，有時還並那近來連自己也輕易不吃的羊肉。她說，阿隨實在瘦得太可憐，房東太太還因此嗤笑我們了，她受不住這樣的奚落。

於是吃我殘飯的便只有油雞們。這是我積久才看出來的，但同時也如赫胥黎⑥的論定「人類在宇宙間的位置」一般，自覺了我在這裏的位置：不過是叭兒狗和油雞之間。

— 152 —

後來，經多次的抗爭和催逼，油雞們也逐漸成為肴饌，我們和阿隨都享用了十多日的鮮肥；可是其實都很瘦，因為它們早已每日只能得到幾粒高粱了。從此便清靜得多。只有子君很頹唐，似乎常覺得淒苦和無聊，至於不大願意開口。我想，人是多麼容易改變呵！

但是阿隨也將留不住了。我們已經不能再希望從什麼地方會有來信，子君也早沒有一點食物可以引它打拱或直立起來。冬季又逼近得這麼快，火爐就要成為很大的問題；它的食量，在我們其實早是一個極易覺得的很重的負擔。於是連它也留不住了。

倘使插了草標⑦到廟市去出賣，也許能得幾文錢罷，然而我們都不能，也不願這樣做。終於用包袱蒙著頭，由我帶到西郊去放掉了，還要追上來，便推在一個並不很深的土坑裏。

我一回寓，覺得又清靜得多多了；但子君的淒慘的神色，卻使我很吃驚。那是沒有見過的神色，自然是為阿隨。但又何至於此呢？我還沒有說起推在土坑裏的事。

到夜間，在她的淒慘的神色中，加上冰冷的分子了。

「奇怪。——子君，你怎麼今天這樣兒了？」我忍不住問。

「什麼？」她連看也不看我。

「你的臉色……。」

「沒有什麼，——什麼也沒有。」

我終於從她言動上看出，她大概已經認定我是一個忍心的人。其實，我一個人，是容易

生活的，雖然因爲驕傲，向來不與世交來往，遷居以後，也疏遠了所有舊識的人，然而只要能遠走高飛，生路還寬廣得很。現在忍受著這生活壓迫的苦痛，大半倒是爲她，便是放掉阿隨，也何嘗不如此。但子君的識見卻似乎只是淺薄起來，竟至於連這一點也想不到了。

我揀了一個機會，將這些道理暗示她；她領會似的點頭。然而看她後來的情形，她是沒有懂，或者是並不相信的。

天氣的冷和神情的冷，逼迫我不能在家庭中安身。但是往那裏去呢？大道上，公園裏，雖然沒有冰冷的神情，冷風究竟也刺得人皮膚欲裂。我終於在通俗圖書館裏覓得了我的天堂。

那裏無須買票；閱書室裏又裝著兩個鐵火爐。縱使不過是燒著不死不活的煤的火爐，但單是看見裝著它，精神上也就總覺得有些溫暖。書卻無可看：舊的陳腐，新的是幾乎沒有的。

好在我到那裏去也並非爲看書。另外時常還有幾個人，多則十餘人，都是單薄衣裳，正如我，各人看各人的書，作爲取暖的口實。這於我尤爲合式。道路上容易遇見熟人，得到輕蔑的一瞥，但此地卻決無那樣的橫禍，因爲他們是永遠圍在別的鐵爐旁，或者靠在自家的白爐邊的。

那裏雖然沒有書給我看，卻還有安閒容得我想。待到孤身枯坐，回憶從前，這才覺得大半年來，只爲了愛，——盲目的愛，——而將別的人生的要義全盤疏忽了。第一，便是生活。人必生活著，愛才有所附麗。世界上並非沒有爲了奮鬥者而開的活路；我也還未忘卻翅子的扇

動，雖然比先前已經頹唐得多……。

屋子和讀者漸漸消失了，我看見怒濤中的漁夫，戰壕中的兵士，摩托車⑧中的貴人，洋場上的投機家，深山密林中的豪傑，講臺上的教授，昏夜的運動者和深夜的偷兒……子君，——不在近旁。她的勇氣都失掉了，只爲著阿隨悲憤，爲做飯出神；然而奇怪的是倒也並不怎樣瘦損……。

冷了起來，火爐裏的不死不活的幾片硬煤，也終於燒盡了，已是閉館的時候。又須回到吉兆胡同，領略冰冷的顏色去了。近來也間或遇到溫暖的神情，但這卻反而增加我的苦痛。記得有一夜，子君的眼裏忽而又發出久已不見的稚氣的光來，笑著和我談到還在會館時候的情形，時時又很帶些恐怖的神色。我知道我近來的超過她的冷漠，已經引起她的憂疑來，只得也勉力談笑，想給她一點慰藉。然而我的笑貌一上臉，我的話一出口，卻即刻變爲空虛，這空虛又即刻發生反響，回向我的耳目裏，給我一個難堪的惡毒的冷嘲。

子君似乎也覺得的，從此便失掉了她往常的麻木似的鎮靜，雖然竭力掩飾，總還是時時露出憂疑的神色來，但對我卻溫和得多了。

我要明告她，但我還沒有敢，當決心要說的時候，看見她孩子一般的眼色，就使我只得暫且改作勉強的歡容。但是這又即刻來冷嘲我，並使我失卻那冷漠的鎮靜。

她從此又開始了往事的溫習和新的考驗，逼我做出許多虛偽的溫存的答案來，將溫存示給她，虛偽的草稿便寫在自己的心上。我的心漸被這些草稿填滿了，常覺得難於呼吸。我在苦惱中常常想，說真實自然須有極大的勇氣的；假如沒有這勇氣，而苟安於虛偽，那也便是不能開闢新的生路的人。不獨不是這個，連這人也未嘗有！

子君有怨色，在早晨，極冷的早晨，這是從未見過的，但也許是從我看來的怨色。我那時冷冷地氣憤和暗笑了；她所磨練的思想和豁達無畏的言論，到底也還是一個空虛，而對於這空虛卻並未自覺。她早已什麼書也不看，已不知道人的生活的第一著是求生，向著這求生的道路，是必須攜手同行，或奮身孤往的了，倘使只知道捶著一個人的衣角，那便是雖戰士也難於戰鬥，只得一同滅亡。

我覺得新的希望就只在我們的分離；她應該決然捨去，——我也突然想到她的死，然而立刻自責，懺悔了。幸而是早晨，時間正多，我可以說我的真實。我們的新的道路的開闢，便在這一遭。

我和她閒談，故意地引起我們的往事，提到文藝，於是涉及外國的文人，文人的作品：《諾拉》，《海的女人》⑨。稱揚諾拉的果決……。也還是去年在會館的破屋裏講過的那些話，但現在已經變成空虛，從我的嘴傳入自己的耳中，時時疑心有一個隱形的壞孩子，在背後惡意地刻毒地學舌。

她還是點頭答應著傾聽，後來沉默了。我也就斷續地說完了我的話，連餘音都消失在虛空中了。

「是的。」她又沉默了一會，說，「但是，⋯⋯涓生，我覺得你近來很兩樣了。可是的？你，——你老實告訴我。」

我覺得這似乎給了我當頭一擊，但也立即定了神，說出我的意見和主張來：新的路的開關，新的生活的再造，為的是免得一同滅亡。

臨末，我用了十分的決心，加上這幾句話：

「⋯⋯況且你已經可以無須顧慮，勇往直前了。你要我老實說；是的，人是不該虛偽的。我老實說罷：因為，因為我已經不愛你了！但這於你倒好得多，因為你更可以毫無掛念地做事⋯⋯。」

我同時預期著大的變故的到來，然而只有沉默。她臉色陡然變成灰黃，死了似的；瞬間便又甦生，眼裏也發了稚氣的閃閃的光澤。這眼光射向四處，正如孩子在飢渴中尋求著慈愛的母親，但只在空中尋求，恐怖地回避著我的眼。

我不能看下去了，幸而是早晨，我冒著寒風逕奔通俗圖書館。

在那裏看見《自由之友》，我的小品文都登出了。這使我一驚，彷彿得了一點生氣。我想，生活的路還很多，——但是，現在這樣也還是不行的。

— 157 —

我開始去訪問久已不相聞問的熟人，但這也不過一兩次；他們的屋子自然是暖和的，我在骨髓中卻覺得寒冽。夜間，便蜷伏在比冰還冷的冷屋中。

冰的針刺著我的靈魂，使我永遠苦於麻木的疼痛。生活的路還很多，我也還沒有忘卻翅子的扇動，我想。——我突然想到她的死，然而立刻自責，懺悔了。

在通俗圖書館裏往往瞥見一閃的光明，新的生路橫在前面。她勇猛地覺悟了，毅然走出這冰冷的家，而且，——毫無怨恨的神色。我便輕如行雲，漂浮空際，上有蔚藍的天，下是深山大海，廣廈高樓，戰場，摩托車，洋場，公館，晴明的鬧市，黑暗的夜……。

而且，真的，我預感得這新生面便要來到了。

我們總算度過了極難忍受的冬天，這北京的冬天；就如蜻蜓落在惡作劇的壞孩子的手裏一般，被繫著細線，盡情玩弄，虐待，雖然幸而沒有送掉性命，結果也還是躺在地上，只爭著一個遲早之間。

寫給《自由之友》的總編輯已經有三封信，這才得到回信，信封裏只有兩張書券⑩：兩角的和三角的。我卻單是催，就用了九分的郵票，一天的饑餓，又都白挨給於已一無所得的空虛了。

然而覺得要來的事，卻終於來到了。

這是冬春之交的事，風已沒有這麼冷，我也更久地在外面徘徊；待到回家，大概已經昏黑。就在這樣一個昏黑的晚上，我照常沒精打采地回來，一看見寓所的門，也照常更加喪氣，使腳步放得更緩。但終於走進自己的屋子裏了，沒有燈火；摸火柴點起來時，是異樣的寂寞和空虛！

正在錯愕中，官太太便到窗外來叫我出去。

「今天子君的父親來到這裏，將她接回去了。」她很簡單地說。

這似乎又不是意料中的事，我便如腦後受了一擊，無言地站著。

「她去了麼？」過了些時，我只問出這樣一句話。

「她去了。」

「她，——她可說什麼？」

「沒說什麼。單是託我見你回來時告訴你，說她去了。」

我不信；但是屋子裏是異樣的寂寞和空虛。我遍看各處，尋覓子君；只見幾件破舊而黯淡的傢俱，都顯得極其清疏，在證明著它們毫無隱匿一人一物的能力。我轉念尋信或她留下的字跡，也沒有；只是鹽和乾辣椒，麵粉，半株白菜，卻聚集在一處了，旁邊還有幾十枚銅元。

這是我們兩人生活材料的全副，現在她就鄭重地將這留給我一個人，在不言中，教我借此去維

— 159 —

持較久的生活。

我似乎被周圍所排擠，奔到院子中間，有昏黑在我的周圍；正屋的紙窗上映出明亮的燈光，他們正在逗著孩子玩笑。我的心也沉靜下來，覺得在沉重的迫壓中，漸漸隱約地現出脫走的路徑：深山大澤，洋場，電燈下的盛筵；壕溝，最黑最黑的深夜，利刃的一擊，毫無聲響的腳步……

心地有些輕鬆，舒展了，想到旅費，並且噓一口氣。

躺著，在閣著的眼前經過的預想的前途，不到半夜已經現盡；暗中忽然彷彿看見一堆食物，這之後，便浮出一個子君的灰黃的臉來，睜了孩子氣的眼睛，懇託似的看著我。我一定神，什麼也沒有了。

但我的心卻又覺得沉重。我為什麼偏不忍耐幾天，要這樣急急地告訴她真話的呢？現在她知道，她以後所有的只是她父親——兒女的債主——的烈日一般的嚴威和旁人的賽過冰霜的冷眼。此外便是虛空。負著虛空的重擔，在嚴威和冷眼中走著所謂人生的路，這是怎麼可怕的事呵！而況這路的盡頭，又不過是——連墓碑也沒有的墳墓。

我不應該將真實說給子君，我們相愛過，我應該永久奉獻她我的說謊。如果真實可以寶貴，這在子君就不該是一個沉重的空虛。謊語當然也是一個空虛，然而臨末，至多也不過這樣

地沉重。

我以為將真實說給子君，她便可以毫無顧慮，堅決地毅然前行，一如我們將要同居時那樣。但這恐怕是我錯誤了。她當時的勇敢和無畏是因為愛。

我沒有負著虛偽的重擔的勇氣，卻將真實的重擔卸給她了。她愛我之後，就要負了這重擔，在嚴威和冷眼中走著所謂人生的路。

我想到她的死……。我看見我是一個卑怯者，應該被擯於強有力的人們，無論是真實者，虛偽者。然而她卻自始至終，還希望我維持較久的生活……。

我要離開吉兆胡同，在這裏是異樣的空虛和寂寞。我想，只要離開這裏，子君便如還在我的身邊；至少，也如還在城中，有一天，將要出乎意表地訪我，像住在會館時候似的。

然而一切請託和書信，都是一無反響；我不得已，只好訪問一個久不問候的世交去了。

他是我伯父的幼年的同窗，以正經出名的拔貢⑪，寓京很久，交遊也廣闊的。

大概因為衣服的破舊罷，一登門便很遭門房的白眼。好容易才相見，也還相識，但是很冷落。我們的往事，他全都知道了。

「自然，你也不能在這裏了，」他聽了我託他在別處覓事之後，冷冷地說，「但那裏去呢？很難。——你那，什麼呢，你的朋友罷，子君，你可知道，她死了。」

我驚得沒有話。

「真的?」我終於不自覺地問。

「哈哈。自然真的。我家的王升的家，就和她家同村。」

「但是，——不知道是怎麼死的?」

「誰知道呢。總之是死了就是了。」

我已經忘卻了怎樣辭別他，回到自己的寓所。我知道他是不說謊話的;子君總不會再來的了，像去年那樣。她雖是想在嚴威和冷眼中負著虛空的重擔來走所謂人生的路，也已經不能。她的命運，已經決定她在我所給予的真實——無愛的人間死滅了!

自然，我不能在這裏了;但是，「那裏去呢?」

四圍是廣大的空虛，還有死的寂靜。死於無愛的人們的眼前的黑暗，我彷彿一一看見，還聽得一切苦悶和絕望的掙扎的聲音。

我還期待著新的東西到來，無名的，意外的。但一天一天，無非是死的寂靜。

我比先前已經不大出門，只坐臥在廣大的空虛裏，一任這死的寂靜侵蝕著我的靈魂。死的寂靜有時也自己戰慄，自己退藏，於是在這絕續之交，便閃出無名的，意外的，新的期待。

一天是陰沉的上午，太陽還不能從雲裏面掙扎出來;連空氣都疲乏著。耳中聽到細碎的

步聲和咻咻的鼻息，使我睜開眼。大致一看，屋子裏還是空虛；但偶然看到地面，卻盤旋著一匹小小的動物，瘦弱的，半死的，滿身灰土的……。

我一細看，我的心就一停，接著便直跳起來。

那是阿隨。它回來了。

我的離開吉兆胡同，也不單是為了房主人們和他家女工的冷眼，大半就為著這阿隨。但是，「那裏去呢？」新的生路自然還很多，我約略知道，也間或依稀看見，覺得就在我面前，然而我還沒有知道跨進那裏去的第一步的方法。

經過許多回的思量和比較，也還只有會館是還能相容的地方。依然是這樣的破屋，這樣的板床，這樣的半枯的槐樹和紫藤，但那時使我希望，歡欣，愛，生活的，卻全都逝去了，只有一個虛空，我用真實去換來的虛空存在。

新的生路還很多，我必須跨進去，因為我還活著。但我還不知道怎樣跨出那第一步。有時，彷彿看見那生路就像一條灰白的長蛇，自己蜿蜒地向我奔來，我等著，等著，看看臨近，但忽然便消失在黑暗裏了。

初春的夜，還是那麼長。長久的枯坐中記起上午在街頭所見的葬式，前面是紙人紙馬，後面是唱歌一般的哭聲。我現在已經知道他們的聰明了，這是多麼輕鬆簡截的事。

— 163 —

然而子君的葬式卻又在我的眼前，是獨自負著虛空的重擔，在灰白的長路上前行，而又即刻消失在周圍的嚴威和冷眼裏了。

我願意真有所謂鬼魂，真有所謂地獄，那麼，即使在孽風怒吼之中，我也將尋覓子君，當面說出我的悔恨和悲哀，祈求她的饒恕；否則，地獄的毒焰將圍繞我，猛烈地燒盡我的悔恨和悲哀。

我將在孽風和毒焰中擁抱子君，乞她寬容，或者使她快意……。

但是，這卻更虛空於新的生路；現在所有的只是初春的夜，竟還是那麼長。我活著，我總得向著新的生路跨出去，那第一步，——卻不過是寫下我的悔恨和悲哀，為子君，為自己。

我仍然只有唱歌一般的哭聲，給子君送葬，葬在遺忘中。

我要遺忘；我為自己，並且要不再想到這用了遺忘給子君送葬。

我要向著新的生路跨進第一步去，我要將真實深深地藏在心的創傷中，默默地前行，用遺忘和說謊做我的前導……。

一九二五年十月二十一日畢。

注釋

① 本篇在收入本書前未在報刊上發表過。

② 會館　舊時都市中同鄉會或同業公會設立的館舍，供同鄉或同業旅居、聚會之用。

③ 長班　舊時官員的隨身僕人，也用來稱呼一般的「聽差」。

④ 伊孛生（H. Ibsen, 1828-1906）　通譯易卜生，挪威劇作家。

　　泰戈爾（R. Tagore, 1186-1941）　印度詩人。一九二四年曾來過我國。當時他的詩作譯成中文的有《新月集》、《飛鳥集》等。

⑤ 廟會　又稱「廟市」，舊時在節日或規定的日子，設在寺廟或其附近的集市。

⑥ 赫胥黎（T. H. Huxley, 1825-1895）　英國生物學家。他的《人類在宇宙間的位置》（今譯《人類在自然界的位置》），是宣傳達爾文的進化論的重要著作。

　　雪萊（P. B. Shelley, 1792-1822）　英國詩人。曾參加愛爾蘭民族獨立運動，因傳播革命思想和爭取婚姻自由屢遭迫害。後在海裡覆舟淹死。他的《西風頌》、《雲雀頌》等著名短詩，「五四」後被介紹到我國。

⑦ 草標　舊時在被賣的人身或物品上插置的草杆，作為出賣的標誌。

⑧ 摩托車　當時對小汽車的稱呼。

⑨ 《諾拉》　通譯《娜拉》（又譯作《玩偶之家》）；《海的女人》（通譯《海的夫人》），都是

易卜生的著名劇作。

⑩ 書券　購書用的代價券，可按券面金額到指定書店選購。舊時有的報刊用它代替現金支付稿酬。

⑪ 拔貢　清代的科舉考試制度：在規定的年限（原定六年，後改為十二年）選拔「文行兼優」的秀才，保送到京師，貢入國子監，稱為「拔貢」。是貢生的一種。

弟兄①

公益局一向無公可辦，幾個辦事員在辦公室裏照例的談家務。秦益堂捧著水煙筒咳得喘不過氣來，大家也只得住口。久之，他抬起紫漲著的臉來了，還是氣喘吁吁的，說：

「到昨天，他們又打起架來了，從堂屋一直打到門口。我怎麼喝也喝不住。」他生著幾根花白鬍子的嘴唇還抖著。「老三說，老五折在公債票上的錢是不能開公賬的，應該自己賠出來……。」

「你看，還是為錢，」張沛君就慷慨地從破的躺椅上站起來，兩眼在深眼眶裏慈愛地閃爍。「我真不解自家的弟兄何必這樣斤斤計較，豈不是橫豎都一樣？……」

「像你們的弟兄，那裏有呢。」益堂說。

「我們就是不計較，彼此都一樣。我們就將錢財兩字不放在心上。這麼一來，什麼事也沒有了。有誰家鬧著要分的，我總是將我們的情形告訴他，勸他們不要計較。益翁也只要對令郎開導開導……。」

「那——裏……。」益堂搖頭說。

「這大概也怕不成。」汪月生說，於是恭敬地看著沛君的眼，「像你們的弟兄，實在是少有的；我沒有遇見過。你們簡直是誰也沒有一點自私自利的心思，這就不容易……。」

「他們一直從堂屋打到大門口……。」益堂說。

「令弟仍然是忙？……」月生問。

「還是一禮拜十八點鐘功課，外加九十三本作文，簡直忙不過來。這幾天可是請假了，身熱，大概是受了一點寒……。」

「我看這倒該小心些，」月生鄭重地說。「今天的報上就說，現在時症流行……。」

「什麼時症呢？」沛君吃驚了，趕忙地問。

「那我可說不清了。記得是什麼熱罷。」

沛君邁開步就奔向閱報室去。

「真是少有的，」月生目送他飛奔出去之後，向著秦益堂讚嘆著。「他們兩個人就像一個人。要是所有的弟兄都這樣，家裏那裏還會鬧亂子。我就學不來……」

「說是折在公債票上的錢不能開公賬……」益堂將紙煤子插在紙煤管子裏，恨恨地說。

辦公室中暫時的寂靜，不久就被沛君的步聲和叫聽差的聲音震破了。他彷彿已經有什麼大難臨頭似的，說話有些口吃了，聲音也發著抖。他叫聽差打電話給普悌思普大夫，請他即刻到同興公寓張沛君那裏去看病。

月生便知道他很著急，因為向來知道他雖然相信西醫，而進款不多，平時也節省，現在卻請的是這裏第一個有名而價貴的醫生。於是迎了出去，只見他臉色青青的站在外面聽聽差打

電話。

「怎麼了？」

「報上說……說流行的是猩……猩紅熱。我我午後來局的時，靖甫就是滿臉通紅……。已經出門了麼？請……請他們打電話找，請他即刻來，同興公寓，同興公寓……。」

他聽聽差打完電話，便奔進辦公室，取了帽子。汪月生也代為著急，跟了進去。

「局長來時，請給我請假，說家裏有病人，看醫生……。」他胡亂點著頭，說。

「你去就是。局長也未必來。」月生說。

但是他似乎沒有聽到，已經奔出去了。

他到路上，已不再較量車價如平時一般，一看見一個稍微壯大，似乎能走的車夫，問過價錢，便一腳跨上車去，道，「好。只要給我快走！」

公寓卻如平時一般，很平安，寂靜；一個小夥計仍舊坐在門外拉胡琴。他走進他兄弟的臥室，覺得心跳得更厲害，因為他臉上似乎見得更通紅了，而且發喘。他伸手去一摸他的頭，又熱得炙手。

「不知道是什麼病？不要緊罷？」靖甫問，眼裏發出憂疑的光，顯係他自己也覺得不尋常了。

「不要緊的，……傷風罷了。」他支吾著回答說。

他平時是專愛破除迷信的，但此時卻覺得靖甫的樣子和說話都有些不祥，彷彿病人自己就有了什麼預感。這思想更使他不安，立即走出，輕輕地叫了夥計，使他打電話去問醫院⋯⋯可曾找到了普大夫？

「就是啦，就是啦。還沒有找到。」夥計在電話口邊說。

沛君不但坐不穩，這時連立也不穩了；但他在焦急中，卻忽而碰著了一條生路：也許並不是猩紅熱。然而普大夫沒有找到，⋯⋯同寓的白問山雖然是中醫，或者於病名倒還能斷定的，但是他曾經對他說過好幾回攻擊中醫的話⋯⋯況且追請普大夫的電話，他也許已經聽到了⋯⋯。

然而他終於去請白問山。

白問山卻毫不介意，立刻戴起玳瑁邊墨晶眼鏡，同到靖甫的房裏來。他診過脈，在臉上端詳一回，又翻開衣服看了胸部，便從容容地告辭。沛君跟在後面，一直到他的房裏。

他請沛君坐下，卻是不開口。

「問山兄，舍弟究竟是⋯⋯？」他忍不住發問了。

「紅斑痧。你看他已經『見點』了。」

「那麼，不是猩紅熱？」沛君有些高興起來。

「他們西醫叫猩紅熱，我們中醫叫紅斑痧。」

這立刻使他手腳覺得發冷。

「可以醫麼？」他愁苦地問。

「可以。不過這也要看你們府上的家運。」

他已經糊塗得連自己也不知道怎樣竟請白問山開了藥方，從他房裏走出；但當經過電話機旁的時候，卻又記起普大夫來了。他仍然去問醫院，答說已經找到了，可是很忙，怕去得晚，須待明天早晨也說不定的。然而他還叮囑他要今天一定到。

他走進房去點起燈來看，靖甫的臉更覺得通紅了，的確還現出更紅的點子，眼瞼也浮腫起來。他坐著，卻似乎所坐的是針氈；在夜的漸就寂靜中，在他的翹望中，每一輛汽車的汽笛的呼嘯聲更使他聽得分明，有時竟無端疑爲普大夫的汽車，跳起來去迎接。但是他還未走到門口，那汽車卻早經駛過去了；惘然地回身，經過院落時，見皓月已經西升，鄰家的一株古槐，便投影地上，森森然更來加濃了他陰鬱的心地。

突然一聲烏鴉叫。這是他平日常常聽到的；那古槐上就有三四個烏鴉窠。但他現在卻嚇得幾乎站住了，心驚肉跳地輕輕地走進靖甫的房裏時，見他閉了眼躺著，滿臉彷彿都見得浮腫；但沒有睡，大概是聽到腳步聲了，忽然張開眼來，那兩道眼光在燈光中異樣地淒愴地發閃。

「信麼？」靖甫問。

「不，不。是我。」他吃驚，有些失措，吃吃地說，「是我。我想還是去請一個西醫

— 171 —

來，好得快一點。他還沒有來……。」

靖甫不答話，合了眼。他坐在窗前的書桌旁邊，一切都靜寂，只聽得病人的急促的呼吸聲，和鬧鐘的札札地作響。忽而遠遠地有汽車的汽笛發響了，使他的心立刻緊張起來，聽它漸近，漸近，大概正到門口，要停下了罷，可是立刻駛出，駛過去了。這樣的許多回，他知道了汽笛聲的各樣：有如吹哨子的，有如擊鼓的，有如放屁的，有如狗叫的，有如鴨叫的，有如牛吼的，有如母雞驚啼的，有如嗚咽的……。他忽而怨憤自己：為什麼早不留心，知道，那普大夫的汽笛是怎樣的聲音的呢？

對面的寓客還沒有回來，照例是看戲，或是打茶圍②去了。但夜卻已經很深了，連汽車也逐漸地減少。強烈的銀白色的月光，照得紙窗發白。

他在等待的厭倦裏，身心的緊張慢慢地弛緩下來了，至於不再去留心那些汽笛。但凌亂的思緒，卻又乘機而起：他彷彿知道靖甫生的一定是猩紅熱，而且是不可救的。那麼，家計怎麼支持呢，靠自己一個？雖然住在小城裏，可是百物也昂貴起來了……。自己的三個孩子，他的兩個，養活尚且難，還能進學校去讀書麼？只給一兩個讀書呢，那自然是自己的康兒最聰明，——然而大家一定要批評，說是薄待了兄弟的孩子……。

後事怎麼辦呢，連買棺木的款子也不夠，怎麼能夠運回家，只好暫時寄頓在義莊③裏……。

忽然遠遠地有一陣腳步聲進來，立刻使他跳起來了，走出房去，卻知道是對面的寓客。

「先帝爺，在白帝城……④」

他一聽到這低微高興的吟聲，便失望，憤怒，幾乎要奔上去叱罵他。但他接著又看見夥計提著風雨燈，燈光中照出後面跟著的皮鞋，上面的微明裏是一個高大的人，白臉孔，黑的絡腮鬍子。這正是普悌思。

他像是得了寶貝一般，飛跑上去，將他領入病人的房中。兩人都站在床面前，他擎了洋燈，照著。

「先生，他發燒……」沛君喘著說。

「什麼時候，起的？」普悌思兩手插在褲側的袋子裏，凝視著病人的臉，慢慢地問。

「前天。不，大……大大前天。」

普大夫不作聲，略略按一按脈，又叫沛君擎高了洋燈，照著他在病人的臉上端詳一回；又叫揭去被臥，解開衣服來給他看。看過之後，就伸出手指在肚子上去一摩。

「Measles……」普悌思低聲自言自語似的說。

「疹子麼？」他驚喜得聲音也似乎發抖了。

「疹子。」

「就是疹子？……」

— 173 —

「你原來沒有出過疹子？……」

「疹子。」

他高興地剛在問靖甫時，普大夫已經走向書桌那邊去了，於是也只得跟過去。只見他將一隻腳踏在椅子上，拉過桌上的一張信箋，從衣袋裏掏出一段很短的鉛筆，就桌上颼颼地寫了幾個難以看清的字，這就是藥方。

「怕藥房已經關了罷？」沛君接了方，問。

「明天不要緊。明天吃。」

「明天再看？……」

「不要再看了。酸的，辣的，太鹹的，不要吃。熱退了之後，拿小便，送到我的，醫院裏來，查一查，就是了。裝在，乾淨的，玻璃瓶裏；外面，寫上名字。」

普大夫且說且走，一面接了一張五元的鈔票塞入衣袋裏，一逕出去了。他送出去，看他上了車，開動了，然後轉身，剛進店門，只聽得背後go go的兩聲，他才知道普悌思的汽車的叫聲原來是牛吼似的。但現在是知道也沒有什麼用了，他想。

房子裏連燈光也顯得愉悅；沛君彷彿萬事都已做訖，周圍都很平安，心裏倒是空空洞洞的模樣。他將錢和藥方交給跟著進來的夥計，叫他明天一早到美亞藥房去買藥，因為這藥房是普大夫指定的，說惟獨這一家的藥品最可靠。

「東城的美亞藥房！一定得到那裏去。記住：美亞藥房！」他跟在出去的夥計後面，說。

院子裏滿是月色，白得如銀；「在白帝城」的鄰人已經睡覺了，一切都很幽靜。只有桌上的鬧鐘愉快而平和地札札地作響；雖然聽到病人的呼吸，卻是很調和。他坐下不多久，忽又高興起來。

「你原來這麼大了，竟還沒有出過疹子？」他遇到了什麼奇蹟似的，驚奇地問。

「………」

「你自己是不會記得的。須得問母親才知道。」

「………」

「母親又不在這裏。竟沒有出過疹子。哈哈哈！」

沛君在床上醒來時，朝陽已從紙窗上射入，刺著他朦朧的眼睛。但他卻不能即刻動彈，只覺得四肢無力，而且背上冷冰冰的還有許多汗，而且看見床前站著一個滿臉流血的孩子，自己正要去打她。

但這景象一剎那間便消失了，他還是獨自睡在自己的房裏，沒有一個別的人。他解下枕衣來拭去胸前和背上的冷汗，穿好衣服，走向靖甫的房裏去時，只見「在白帝城」的鄰人正在院子裏漱口，可見時候已經很不早了。

靖甫也醒著了，眼睜睜地躺在床上。

「今天怎樣？」他立刻問。

「好些……。」

「藥還沒有來麼？」

「沒有。」

他便在書桌旁坐下，正對著眠床；看靖甫的臉，已沒有昨天那樣通紅了。但自己的頭卻還覺得昏昏的，夢的斷片，也同時閃閃爍爍地浮出：

——靖甫也正是這樣地躺著，但卻是一個死屍。他忙著收殮，獨自背了一口棺材，從大門外一逕背到堂屋裏去。地方彷彿是在家裏，看見許多熟識的人們在旁邊交口讚頌……。

——他命令康兒和兩個弟妹進學校去了；卻還有兩個孩子哭嚷著要跟去。他看見自己的手掌比平常大了三四倍，鐵鑄似的，向荷生的臉上一掌劈過去……。

他因為這些夢跡的襲擊，怕得想站起來，走出房外去，但終於沒有動。也想將這些夢跡壓下，忘卻，但這些卻像攪在水裏的鵝毛一般，轉了幾個圈，終於非浮上來不可：

——荷生滿臉是血，哭著進來了。他跳在神堂⑤上……。那孩子後面還跟著一群相識和不相識的人。他知道他們是都來攻擊他的……。

——「我決不至於昧了良心。你們不要受孩子的誑話的騙……。」他聽得自己這樣說。

——荷生就在他身邊，他又舉起了手掌……。

他忽而清醒了，覺得很疲勞，背上似乎還有些冷。靖甫靜靜地躺在對面，呼吸雖然急促，卻是很調勻。桌上的鬧鐘似乎更用了大聲札札地作響。

他旋轉身子去，對了書桌，只見蒙著一層塵，再轉臉去看紙窗，掛著的日曆上，寫著兩個漆黑的隸書：廿七。

夥計送藥進來了，還拿著一包書。

「什麼？」靖甫睜開了眼睛，問。

「藥。」他也從恍惚中覺醒，回答說。

「不，那一包。」

「先不管它。吃藥罷。」他給靖甫服了藥，這才拿起那包書來看，道，「索士寄來的。」

一定是你向他去借的那一本……《Sesame and Lilies》⑥。

靖甫伸手要過書去，但只將書面一看，書脊上的金字一摩，便放在枕邊，默默地閤上眼睛了。過了一會，高興地低聲說：

「等我好起來，譯一點寄到文化書館去賣幾個錢，不知道他們可要……。」

這一天，沛君到公益局比平日遲得多，將要下午了；辦公室裏已經充滿了秦益堂的水煙的煙霧。汪月生遠遠地望見，便迎出來。

「嚄！來了。令弟痊癒了罷？我想，這是不要緊的；時症年年有，沒有什麼要緊。我和益翁正惦記著呢；都說：怎麼還不見來？現在來了，好了！但是，你看，你臉上的氣色，多少……。是的，和昨天多少兩樣。」

沛君也彷彿覺得這辦公室和同事都和昨天有些兩樣，生疏了。雖然一切也還是他曾經看慣的東西：斷了的衣鉤，缺口的唾壺，雜亂而塵封的案卷，折足的破躺椅，坐在躺椅上捧著水煙筒咳嗽而且搖頭嘆氣的秦益堂……。

「他們也還是一直從堂屋打到大門口……。」

「所以呀，」月生一面回答他，「我說你該將沛兄的事講給他們，教他們學學他。要不然，真要把你老頭兒氣死了……。」

「老三說，老五折在公債票上的錢是不能算公用的，應該……應該……。」益堂咳得彎下腰去了。

「真是『人心不同』……。」月生說著，便轉臉向了沛君，「那麼，令弟沒有什麼？」

「沒有什麼。醫生說是疹子。」

「疹子？是呵，現在外面孩子們正鬧著疹子。我的同院住著的三個孩子也都出了疹子了。那是毫不要緊的。但你看，你昨天竟急得那麼樣，叫旁人看了也不能不感動，這真所謂『兄弟怡怡』⑦。」

「昨天局長到局了沒有？」

「還是『杳如黃鶴』。」你去簿子上補畫上一個『到』就是了。」

「說是應該自己賠。」益堂自言自語地說。「這公債票也真害人，我是一點也莫名其妙。你一沾手就上當。到昨天，到晚上，也還是從堂屋一直打到大門口。老三多兩個孩子上學，老五也說他多用了公眾的錢，氣不過……。」

「這真是愈鬧不清了！」月生失望似的說。「所以看見你們弟兄，沛君，我真是『五體投地』。是的，我敢說，這決不是當面恭維的話。」

沛君不開口，望見聽差的送進一件公文來，便迎上去接在手裏。月生也跟過去，就在他手裏看著，念道：

「『公民郝上善等呈：東郊倒斃無名男屍一具請飭分局速行撥棺抬埋以資衛生而重公益由』。我來辦。你還是早點回去罷，你一定惦記著令弟的病。你們真是『鶺鴒在原』⑧……。」

「不！」他不放手，「我來辦。」

月生也就不再去搶著辦了。沛君便十分安心似的沉靜地走到自己的桌前，看著呈文，一面伸手去揭開了綠鏽斑斕的墨水盒蓋。

一九二五年十一月三日

注釋

① 本篇最初發表於一九二六年二月十日北京《莽原》半月刊第三期。

② 打茶圍　舊時對去妓院喝茶、胡調一類行為的俗稱。

③ 義莊　以慈善、公益名義供人寄存靈柩的地方。

④ 「先帝爺，在白帝城……」　京劇《失街亭》中諸葛亮的一句唱詞。先帝爺指劉備，他在彝陵戰役中被吳國的陸遜戰敗，死於白帝城（在今四川省奉節縣東）。

⑤ 神堂　供奉祖先牌位或畫像的地方，也稱神龕，一般設在堂屋的正面。

⑥ 《Sesame and Lilies》《芝麻和百合》，英國政論家和藝術批評家羅斯金（J.Ruskin.1819-1900）的演講論文集。

⑦ 「兄弟怡怡」　語見《論語・子路》。怡怡，和氣、親切的樣子。

⑧ 「鶺鴒在原」　語見《詩經・小雅・常棣》：「脊令在原，兄弟急難。」鶺鴒，原作脊令，據《毛詩正義》，這是一種生活在水邊的小鳥，當牠困處高原時，就飛鳴尋求同類；詩中以此比喻兄弟在急難中，也要互相救助。

離婚①

「阿阿，木叔！新年恭喜，發財發財！」

「你好，八三！恭喜恭喜！」

「唉唉，恭喜！愛姑也在這裏……」

「阿阿，木公公！……」

莊木三和他的女兒——愛姑——剛從木蓮橋頭跨下航船去，船裏面就有許多聲音一齊嗡的叫了起來，其中還有幾個人捏著拳頭打拱；同時，船旁的坐板也空出四人的座位來了。莊木三一面招呼，一面就座，將長煙管倚在船邊；愛姑便坐在他左邊，將兩隻鉤刀樣的腳正對著八三擺成一個「八」字。

「木公公上城去？」一個蟹殼臉的問。

「不上城，」木公公有些頹唐似的，但因為紫糖色臉上原有許多皺紋，所以倒也看不出什麼大變化，「就是到龐莊去走一遭。」

合船都沉默了，只是看他們。

「也還是為了愛姑的事麼？」好一會，八三質問了。

「還是為她。……這真是煩死我了，已經鬧了整三年，打過多少回架，說過多少回和，總

是不落局……。

「這回還是到慰老爺家裏去？……」

「還是到他家。他給他們說和也不止一兩回了，我都不依。這倒沒有什麼。這回是他家新年會親，連城裏的七大人也在……。」

「七大人？」八三的眼睛睜大了。「他老人家也出來說話了麼？……那是……。其實呢，去年我們將他們的灶都拆掉了②，總算已經出了一口惡氣。況且愛姑回到那邊去，其實呢，也沒有什麼味兒……。」他於是順下眼睛去。

「我倒並不貪圖回到那邊去，八三哥！」愛姑憤憤地昂起頭，說，「我是賭氣。你想，『小畜生』姘上了小寡婦，就不要我，事情有這麼容易的？『老畜生』只知道幫兒子，也不要我，好容易呀！七大人怎樣？難道和知縣大老爺換帖③，就不說人話了麼？他不能像慰老爺似的不通，只說是『走散好走散好』。我倒要對他說說我這幾年的艱難，且看七大人說誰不錯！」

八三被說服了，再開不得口。

只有潺潺的船頭激水聲；船裏很靜寂。莊木三伸手去摸煙管，裝上煙。

斜對面，挨八三坐著的一個胖子便從肚兜裏掏出一柄打火刀，打著火絨，給他按在煙斗上。

「對對④。」木三點頭說。

「我們雖然是初會，木叔的名字卻是早已知道的。」胖子恭敬地說。「是的，這裏沿海三六十八村，誰不知道？施家的兒子姘上了寡婦，我們也早知道。去年木叔帶了六位兒子去拆平了他家的灶，誰不說應該？……你老人家是高門大戶都走得進的，腳步開闊，怕他們甚的！……」

「你這位阿叔真通氣，」愛姑高興地說，「我雖然不認識你這位阿叔是誰。」

「我叫汪得貴。」胖子連忙說。

「要撇掉我，是不行的。七大人也好，八大人也好。我總要鬧得他們家敗人亡」！慰老爺不是勸過我四回麼？連爹也看得賠貼的錢有點頭昏眼熱了……。」

「你這媽的！」木三低聲說。

「可是我聽說去年底施家送給慰老爺一桌酒席哩，八公公。」蟹殼臉道。

「那不礙事。」汪得貴說，「酒席能塞得人發昏麼？酒席如果能塞得人發昏，送大菜⑤又怎樣？他們知書識理的人是專替人家講公道話的，譬如，一個人受眾人欺侮，他們就出來講公道話，倒不在乎有沒有酒喝。去年底我們敝村的榮大爺從北京回來，他見過大場面的，不像我們鄉下人一樣。他就說，那邊的第一個人物要算光太太，又硬……。」

「汪家匯頭的客人上岸哩！」船家大聲叫著，船已經要停下來。

「有我有我！」胖子立刻一把取了煙管，從中艙一跳，隨著前進的船走在岸上了。

「對對！」他還向船裏面的人點頭，說。

船便在新的靜寂中繼續前進；水聲又很聽得出了，潺潺的。八三開始打磕睡了，漸漸地向對面的鉤刀式的腳張開了嘴。前艙中的兩個老女人也低聲哼起佛號來，她們擷著念珠，又都看愛姑，而且互視，努嘴，點頭。

愛姑瞪著眼看定篷頂，大半正在懸想將來怎樣鬧得他們家敗人亡：「老畜生」，「小畜生」，全都走投無路。慰老爺她是不放在眼裏的，見過兩回，不過一個團頭團腦的矮子：這種人本村裏就很多，無非臉色比他紫黑些。

莊木三的煙早已吸到底，火逼得斗底裏的煙油吱吱地叫了，還吸著。他知道一過汪家匯頭，就到龐莊；而且那村口的魁星閣⑥也確乎已經望得見。龐莊，他到過許多回，不足道的，以及慰老爺。他還記得女兒的哭回來，他的親家和女婿的可惡，龐莊，後來給他們怎樣地吃虧。想到這裏，過去的情景便在眼前展開，一到懲治他親家這一局，他向來是要冷冷地微笑的，但這回卻不，不知怎的忽而橫梗著一個胖胖的七大人，將他腦裏的局面擠得擺不整齊了。

船在繼續的寂靜中繼續前進；獨有念佛聲卻宏大起來；此外一切，都似乎陪著木叔和愛姑一同浸在沉思裏。

「木叔，你老上岸罷，龐莊到了。」

木三他們被船家的聲音警覺時，面前已是魁星閣了。

他跳上岸，愛姑跟著，經過魁星閣下，向著慰老爺家走。朝南走過三十家門面，再轉一個彎，就到了，早望見門口一列地泊著四隻烏篷船。

他們跨進黑油大門時，便被邀進門房去；大門後已經坐滿著兩桌船夫和長年。愛姑不敢看他們，只是溜了一眼，倒也並不見有「老畜生」和「小畜生」的蹤跡。

當工人搬出年糕湯來時，愛姑不由得越加局促不安起來了，連自己也不明白為什麼。「難道和知縣大老爺換帖，就不說人話麼？」她想。「知書識理的人是講公道話的。我要細細地對七大人說一說，從十五歲嫁過去做媳婦的時候起……。」

她喝完年糕湯；知道時機將到。果然，不一會，她已經跟著一個長年，和她父親經過大廳，又一彎，跨進客廳的門檻去了。

客廳裏有許多東西，她不及細看；還有許多客，只見紅青緞子馬掛發閃。在這些中間第一眼就看見一個人，這一定是七大人了。雖然也是團頭團腦，卻比慰老爺們魁梧得多；大的圓臉上長著兩條細眼和漆黑的細鬍鬚；頭頂是禿的，可是那腦殼和臉都很紅潤，油光光地發亮。愛姑很覺得稀奇，但也立刻自己解釋明白了：那一定是擦著豬油的。

「這就是『屁塞』⑦，就是古人大殮的時候塞在屁股眼裏的。」七大人正拿著一條爛石似的東西，說著，又在自己的鼻子旁擦了兩擦，接著道，「可惜是『新坑』。倒也可以買得，至

遲是漢。你看，這一點是『水銀浸』……。」

「水銀浸」周圍即刻聚集了幾個頭，一個自然是慰老爺，還有幾位少爺們，因為被威光壓得像癟臭蟲了，愛姑先前竟沒有見。

她不懂後一段話；無意，而且也不敢去研究什麼「水銀浸」，便偷空向四處一看望，只見她後面，緊挨著門旁的牆壁，正站著「老畜生」和「小畜生」。雖然只一瞥，但較之半年前偶然看見的時候，分明都見得蒼老了。

接著大家就都從「水銀浸」周圍散開：慰老爺接過「屁塞」，坐下，用指頭摩挲著，轉臉向莊木三說話。

「就是你們兩個麼？」

「是的。」

「你的兒子一個也沒有來？」

「他們沒有工夫。」

「本來新年正月又何必來勞動你們。但是，還是只為那件事，……我想，你們也鬧得夠了。不是已經有兩年多了麼？我想，冤仇是宜解不宜結的。愛姑既然丈夫不對，公婆不喜歡……。也還是照先前說過那樣：走散的好。我沒有這麼大面子，說不通。七大人是最愛講公道話的，你們也知道。現在七大人的意思也這樣：和我一樣。可是七大人說，兩面都認點晦氣

— 186 —

罷，叫施家再添十塊錢……九十元！」

「……」

「九十元！你就是打官司打到皇帝伯伯跟前，也沒有這麼便宜。這話只有我們的七大人肯說。」

七大人睜起細眼，看著莊木三，點點頭。

愛姑覺得事情有些危急了，她很怪平時沿海的居民對他都有幾分懼怕的自己的父親，為什麼在這裏竟說不出話。她以為這是大可不必的；她自從聽到七大人的一段議論之後，雖不很懂，但不知怎的總覺得他其實是和藹近人，並不如先前自己所揣想那樣的可怕。

「七大人是知書識理，頂明白的；」她勇敢起來了。「不像我們鄉下人。我是有冤無處訴；倒正要找七大人講講。自從我嫁過去，真是低頭進，低頭出，一禮不缺。他們就是專和我作對，一個個都像個『氣殺鐘馗』⑧。那年的黃鼠狼咬死了那隻大公雞，那裏是我沒有關好嗎？那是那隻殺頭癩皮狗偷吃糠拌飯，拱開了雞櫥門。那『小畜生』不分青紅皂白，就夾臉一嘴巴……。」

七大人對她看了一眼。

「我知道那是有緣故的。這也逃不出七大人的明鑒；知書識理的人什麼都知道。他就是著了那濫婊子的迷，要趕我出去。我是三茶六禮⑨定來的，花轎抬來的呵！那麼容易嗎？……

我一定要給他們一個顏色看，就是打官司也不要緊。縣裏不行，還有府裏呢……。」

「那些事是七大人都知道的。」慰老爺仰起臉來說。「愛姑，你要是不轉頭，沒有什麼

便宜的。你就總是這模樣。你看你的爹爹多少明白；你和你的弟兄都不像他。打官司打到府裏，

難道官府就不會問問七大人麼？那時候是，『公事公辦』，那是，……你簡直……。」

「那我就拚出一條命，大家家敗人亡。」

「那倒並不是拚命的事，」七大人這才慢慢地說了。「年紀輕輕。一個人總要和氣些…

『和氣生財』。對不對？我一添就是十塊，那簡直已經是『天外道理』了。要不然，公婆說

『走！』就得走。莫說府裏，就是上海北京，就是外洋，都這樣。你要不信，他就是剛從北京

洋學堂裏回來的，自己問他去。」於是轉臉向著一個尖下巴的少爺道，「對不對？」

「的的確確。」尖下巴少爺趕忙挺直了身子，必恭必敬地低聲說。

愛姑覺得自己是完全孤立了；爹不說話，弟兄不敢來，慰老爺是原本幫他們的，七大人

又不可靠，連尖下巴少爺也低聲下氣地像一個癟臭蟲，還打『順風鑼』。但她在糊裏糊塗的腦

中，還彷彿決定要作一回最後的奮鬥。

「怎麼連七大人……。」她滿眼發了驚疑和失望的光。「是的……。我知道，我們粗人，

什麼也不知道。就怨我爹連人情世故都不知道，老發昏了。就專憑他們『老畜生』『小畜生』

擺布；他們會報喪似的急急忙忙鑽狗洞，巴結人……。」

「七大人看看，」默默地站在她後面的「小畜生」忽然說話了。「她在大人面前還是這樣。那在家裏是，簡直鬧得六畜不安。叫我爹是『老畜生』，叫我是口口聲聲『小畜生』，『逃生子』⑩。」

「那個『娘濫十十萬人生』的叫你『逃生子』？」愛姑回轉臉去大聲說，便又向著七大人道，「我還有話要當大眾面前說說哩。他那裏有好聲好氣呵，開口『賤胎』，閉口『娘殺』。自從結識了那婊子，連我的祖宗都入起來了。七大人，你給我批評批評，這……。」

她打了一個寒噤，連忙住口，因為她看見七大人忽然兩眼向上一翻，圓臉一仰，細長鬍子圍著的嘴裏同時發出一種高大搖曳的聲音來了。

「來──兮！」七大人說。

她覺得心臟一停，接著便突突地亂跳，似乎大勢已去，局面都變了；彷彿失足掉在水裏一般，但又知道這實在是自己錯。

立刻進來一個藍袍子黑背心的男人，對七大人站定，垂手挺腰，像一根木棍。

全客廳裏是「鴉雀無聲」。七大人將嘴一動，但誰也聽不清說什麼。然而那男人，卻已經聽到了，而且這命令的力量彷彿又已鑽進了他的骨髓裏，將身子牽了兩牽，「毛骨聳然」似的；一面答應道：

「是。」他倒退了幾步，才翻身走出去。

189

愛姑知道意外的事情就要到來，那事情是萬料不到，也防不了的。她這時才又知道七大人實在威嚴，先前都是自己的誤解，所以太放肆，太粗魯了。她非常後悔，不由的自己說：

「我本來是專聽七大人吩咐……。」

全客廳裏是「鴉雀無聲」。她的話雖然微細得如絲，慰老爺卻像聽到霹靂似的了；他跳了起來。

「對呀！七大人也真公平；愛姑也真明白！」他誇讚著，便向莊木三，「老木，那你自然是沒有什麼說的了，她自己已經答應。我想你紅綠帖⑪是一定已經帶來了的，我通知過你。那麼，大家都拿出來……。」

愛姑見她爹便伸手到肚兜裏去掏東西；木棍似的那男人也進來了，將小烏龜模樣的一個漆黑的扁的小東西⑫遞給七大人。愛姑怕事情有變故，連忙去看莊木三，見他已經在茶几上打開一個藍布包裹，取出洋錢來。

七大人也將小烏龜頭拔下，從那身子裏面倒一點東西在掌心上；木棍似的那男人便接了那扁東西去。七大人隨即用那一隻手的一個指頭蘸著掌心，向自己的鼻孔裏塞了兩塞，鼻孔和人中立刻黃焦焦了。他皺著鼻子，似乎要打噴嚏。

莊木三正在數洋錢。慰老爺從那沒有數過的一疊裏取出一點來，交還了「老畜生」；又將兩份紅綠帖子互換了地方，推給兩面，嘴裏說道：

— 190 —

「你們都收好。老木，你要點清數目呀。這不是好當玩意兒的，銀錢事情……。」

「呃啾」的一聲響，愛姑明知道是七大人打噴嚏了，但不由得轉過眼去看。只見七大人張著嘴，仍舊在那裏皺鼻子，一隻手的兩個指頭卻撮著一件東西，就是那「古人大殮的時候塞在屁股眼裏的」，在鼻子旁邊摩擦著。

好容易，莊木三點清了洋錢；兩方面各將紅綠帖子收起，大家的腰骨都似乎直得多，原先收緊著的臉相也寬懈下來，全客廳頓然見得一團和氣了。

「好！事情是圓功了。」慰老爺看見他們兩面都顯出告別的神氣，便吐一口氣，說。

「那麼，嗡，再沒有什麼別的了。恭喜大吉，總算解了一個結。你們要走了麼？不要走，在我們家裏喝了新年喜酒去……這是難得的。」

「我們不喝了。存著，明年再來喝罷。」愛姑說。

「謝謝慰老爺。我們不喝了。我們還有事情……。」莊木三，「老畜生」和「小畜生」，都說著，恭恭敬敬地退出去。

「唔？怎麼？不喝一點去麼？」慰老爺還注視著走在最後的愛姑，說。

「是的，不喝了。謝謝慰老爺。」

一九二五年十一月六日

注釋

① 本篇最初發表於一九二五年十一月二十三日北京《語絲》周刊第五十四期。

② 拆灶是舊時紹興等地農村的一種風俗。當民間發生糾紛時，一方將對方的鍋灶拆掉，認為這是給對方很大的侮辱。

③ 換帖　舊時朋友相契，結為異姓兄弟，各人將姓名、生辰、籍貫、家世等項寫在帖子上，彼此交換保存，稱為換帖。

④ 「對對」是「對不起對不起」之略，或「得罪得罪」的合音：未詳。——作者原注。

⑤ 大菜　舊時對西餐的俗稱。

⑥ 魁星閣　供奉魁星的閣樓。魁星原是我國古代天文學中所謂二十八宿之一奎星的俗稱。最初在漢代人的緯書《孝經援神契》中有「奎主文昌」的說法，後奎星被附會為主宰科名和文運興衰的神。

⑦ 「屁塞」　古時，人死後常用小型的玉、石等塞在死者的口、耳、鼻、肛門等處，據說可以保持屍體長久不爛。塞在肛門的叫「屁塞」。殉葬的金、玉等物，經後人發掘，其出土不久的叫「新坑」，出土年代久遠的叫「舊坑」。又古人大殮時，常用水銀粉塗在屍體上，以保持長久不爛；出土的殉葬的金、玉等物，浸染了水銀的斑點，叫「水銀浸」。

⑧「氣煞鍾馗」 據舊小說《捉鬼傳》：鍾馗是唐代秀才，後來考取狀元，因為皇帝嫌他相貌醜陋，打算另選，於是「鍾馗氣得暴跳如雷」，自刎而死。民間「氣煞鍾馗」（凶相、難看的面孔等意思）的成語即由此而來。

⑨三茶六禮 意為明媒正娶。我國舊時習俗，娶妻多用茶為聘禮，所以女子受聘稱為受茶。據明代陳耀文的《天中記》卷四十四說：「凡種茶樹必下子，移植則不復生，故俗聘婦必以茶為禮，義固有所取也。」「六禮」，據《儀禮‧士昏禮》（按昏即婚），即納采、問名、納吉、納徵、請期、親迎六種儀式。

⑩私生兒——作者原注。

⑪紅綠帖 舊時男女訂婚時兩家交換的帖子。

⑫指鼻煙壺。鼻煙是一種由鼻孔吸入的粉末狀的煙。

附

録

附錄一

從《吶喊》到《徬徨》　　　　　　李歐梵

一、靈魂探索的過程

《狂人日記》之後，魯迅經常試驗新的技巧，將他的文章方式轉化為小說方式。

如果我們像魯迅自己編集時那樣將他的小說按時間順序排列，就會注意到：寫於

「五四」運動高峰時期一九一八年至一九二二年間的最先九篇，表現了一種持續的創新力。

《阿Q正傳》好像是一次總結，在此之後，他的創新力就有些下降。一九二二年所寫的五篇：

《端午節》、《白光》、《兔和貓》、《鴨的喜劇》、《社戲》，讀來像散文而不像小說，當

然最後一篇《社戲》作為抒情散文是絕妙的。以上十四篇均收入《吶喊》。一九二三年他沒有

寫小說，一九二四年卻寫了四篇技巧極佳之作，即《祝福》、《在酒樓上》、《幸福的家庭》

和《肥皂》。一九二五年又寫七篇，包括《長明燈》、《高老夫子》、《孤獨者》、《示眾》

和《離婚》。這十一篇均收入《徬徨》。

魯迅寫小說一共只二十五篇，數量可說並不多，但是值得注意的是，他一共用了八年時間，就寫成了這無與倫比的一批作品，而且在技巧上作了多樣的試驗。當然，他並非每次都成功①。但是那些成功的篇章卻深深證明了他的創造力。他能極具才華地把他的獨創性的想法表現出來，能極巧妙地把他的思想或經驗轉爲創造性的藝術。他能極具才華地把他的獨創性的想法意吸收外國經驗，在《彷徨》中才更好地形成了自己的小說風格。他說過自己在《吶喊》中比較注統的文章家向現代小說家的逐漸轉化，他早期的小說和後來成熟的作品是同樣有意義的。不過，爲了追蹤他從一個傳統的文章家向現代小說家的逐漸轉化，他早期的小說和後來成熟的作品是同樣有意義的。正是在那些試驗性的作品中，我們發現了他在試行新的視角或新的敘述方法時的獨創才能。

僅僅把魯迅各篇小說中的試驗開列出來，就給人以十分深刻的印象。在《狂人日記》中，他將日記形式轉爲幾乎是超現實主義的文本，後來的各篇又進行了各不相同的試驗，如人物描寫（《孔乙己》和《明天》）、象徵主義（《藥》）、簡短複述（《一件小事》）、持續獨白（《頭髮的故事》）、集體的諷刺（《風波》）、自傳體說明（《故鄉》）、諧謔史詩（《阿Q正傳》）。在後期更成熟的《彷徨》諸篇中，他又擴展了諷刺人物描寫的反諷範圍（《幸福的家庭》、《肥皂》、《高老夫子》、《離婚》），也擴展了在那些較抒情的篇章中感情和心理撞擊的分量（《祝福》、《在酒樓上》、《孤獨者》）。此外，他還試驗了對日記形式更加反諷的處理（《傷逝》）和一種完全沒有情節的群眾場面的，電影鏡頭式的描繪（《示眾》），還有對某種非正常心理的表現（《長明燈》、《弟兄》）。對於業已熟悉魯迅

小說的讀者，我上面所列的種種技巧試驗的名稱只不過是一些簡略的概括，還需要進一步作詳細的評價②。但由於這裏只是對魯迅小說方式作一般的談論，我只能以自己的理解為基礎來進行這樣的藝術分類。

在探測魯迅作為作家的「意圖」時，有兩篇文章是必須引用的。一是寫於一九三三年的《我怎麼做起小說來》，一是較早的《吶喊‧自序》。在前一篇裏，魯迅重述了「五四」立場：

說到「為什麼」做小說吧，我仍抱著十多年前的「啟蒙主義」，以為必須是「為人生」，而且要改良這人生。……所以我的取材，多採自病態社會的不幸的人們中。意思是在揭出病苦，引起療救的注意。

這篇文章可能另有目的，從它的教誨口氣看，似乎只是魯迅事後對自己思想立場的公開表態。其中典型的「文學為人生」的論述和當時許多作家普遍的感情並無不同。但《吶喊‧自序》中那種嚴厲的自省卻與此形成鮮明的對照：

我在年青時也曾經做過許多夢，後來大半忘卻了，但自己也並不以為可惜。所

— 199 —

謂回憶者，雖說可以使人歡欣，有時也不免使人寂寞，使精神的絲縷還牽著已逝的寂寞的時光，又有什麼意味呢，而我偏苦於不能全忘卻，這不能全忘的一部分，到現在便成了《吶喊》的來由。

（卷一，第四一五頁）

可見，從個人的角度看，魯迅的小說其實是一種自傳體形之於藝術寫作的「對失落了的時間的求索」，目的在驅除仍在纏繞他的那一部分往事。這樣，他的小說也可以作為回憶文字《朝花夕拾》的虛構對應物來讀。當然，按照理想，也可以期望魯迅把這公眾的和私人內心的兩方面的創作意圖結合起來，也就是說，將自己過去的經歷作藝術的安排，使之能夠適應中國民族經驗的更大的圖畫，以求對讀者有更深刻的意義③；但是從大多數例子看，魯迅小說實際上並不是藝術和道德的和諧，卻透露出兩者之間不同層次的不一致和難以解決的衝突。他神遊了過去，但並沒有獲得多少心理的輕鬆。反而增多了煩惱和憤怒。在《吶喊》中，我們還可以看到由於響應《新青年》夥伴們的努力而作的樂觀調子，到二〇年代中期，他的戰鬥精神就已消失了許多。正如第二個集子的書名所顯示的，他的情緒已轉向「彷徨」，轉向波動的懷疑和煩惱的哀傷，調子是辛辣而痛苦的反諷。

對於魯迅這兩種鬥爭著的衝動——公眾的訓誨主義和個人的抒情，只能這樣解釋：他的

小說寫作同時也是一種「靈魂探索」的過程，既是探索他的民族的靈魂，也是探索他自己的靈魂。本文作者曾論述他最初對文學目的的看法，按照那些論述，可以說在《吶喊》諸篇中，魯迅是在揭示他的中國同胞集體精神的病，亦即國民性，這種探索在《阿Q正傳》中得到了某種失望的結論。而在《彷徨》諸篇中，魯迅已開始轉向自己的內心，解剖了那種似乎是無法解脫的，偏重主觀的失敗的深處。按此觀點，魯迅小說的技巧可說既是現實主義的，也是「超現實主義」的。雖是立足於中國的現實，從自己的家鄉環境中取得素材，但集中起來，卻呈現出一位主觀性極強的作者所說出的一個民族的寓言。表面上的佈景和人物都是現實的，隱藏在後面的，卻是從一顆困惱的心中發出的內心的聲音。正因為有許多難於解決的緊張和衝突，魯迅運用技巧是極其有意識的，似乎意在掩飾真正的意圖，結果，由於藝術的或心理的原因，他達到了「虛構小說」的真正成就。

從一種現實的基礎開始，在他二十五篇小說的十四篇中，我們彷彿進入了一個以S城（顯然就是紹興（他母親的故鄉）為中心的城鎮世界。周作人在《魯迅的故家》和《魯迅小說裏的人物》這兩本書中，曾對這個他和他的兄長親密地共同生活過的傳統世界，作了許多可愛的描繪。後一本書在追蹤魯迅某些小說人物的現實生活原型方面尤有價值。從這兩本書可以看出，小說中的許多人物都是周作人所知所聞的真人。著名的咸亨酒家顯然也是以一家曾有的酒店為模型的，這個酒店彷彿也是那些小說的中心人物之一。曾有批評家認為魯迅

「不能從他家鄉以外的經驗中取創作素材」，並以此詬病魯迅④。對此我們也可以做另一種解釋，把這種情況看做魯迅有意安排在他的藝術中的一種「局限」。他想在這家鄉的世界裏寄寓更深廣的意義，在他早年的見聞中找出象徵。因此，魯迅對他家鄉和家鄉人物的興趣顯然是超越了他所熟悉的現實之上的。它們表明了更多的意願。

許多魯迅研究者都注意到，經過虛構以後的魯迅故鄉，已經不再是紹興或魯鎮這個具體地方，而是中國農村社會的一個縮影了。在這裏行動的，是一系列生動難忘的人物形象，既有個性，又有代表性。人們都知道，魯迅很注意人物的外形描寫，特別是他們的眼睛。他的人物形象的來源是複合的，「往往嘴在浙江，臉在北京，衣服在山西，是一個拼湊起來的角色」（卷四，第五一三頁）。許多中國研究者認為這就是「典型化」，把魯迅的人物看成是社會類型的體現，把這些人物的行動看成是所屬整個一群人的典型行為。在將典型化和階級分析加在一起時，這種解釋就更帶有政治思想性質了，這些人物之間的關係甚至被解釋為反映了階級對抗，魯迅的小說也被說成是窮苦者被封建階級壓迫和剝削的一幅整體社會圖畫⑤。

魯迅的吹捧者在過分強調他的「階級性」的同時，也歪曲了他創作方法的真正傾向。其實，他在人物寫作上參考了不同地區的人，只是說明了他對「國民性」問題的強烈興趣，這是十九世紀末「民族文學」傳統之一，魯迅或許是從勃蘭兌斯書中受到這種影響。但是魯迅並沒有僅僅成為一個一般的現實主義傳統的「民族作家」，據韓南和佛克瑪的研究，魯迅的文學趣

味中，現實主義與自然主義是少於象徵主義和「象徵現實主義」的。特別是在早期，正如韓南所說，魯迅「對安德列夫的象徵主義，果戈里、顯克維支和夏目漱石的諷刺與反諷的趣味，證明他是在尋找一種根本不同的方法。⑥」

魯迅刻畫人物，在現實主義之中，往往有意地帶著某種不協調，表現一種觸目的、怪異的意象。形體的殘缺，如一顆黑痣，一塊傷疤，一條斷腿，那麼突出地描繪出來，似乎是內在病的外部標誌。這是和魯迅所說的創作目的一致的。即意在揭出社會的病，以引起療救的注意。但是他心中所關注的病其實是精神上的。刻畫人物時對形體細節的注意是為了揭示封閉在不正常社會中民族的精神弱點。為了闡明這點，可用《孔乙己》的例子來分析：

小說一開始是對咸亨酒家格局的詳細描寫。這裏短衫顧客站在櫃台外喝酒，長衫顧客在裏邊房子裏坐著喝酒，是隔開的。看起來是在階級之間劃了一條線。但是主人翁孔乙己卻並不屬於這條線的任何一邊。他是一個難於區分階級的混合形象，是站在外面喝酒的唯一的長衫顧客。最先介紹他時，說明他是一個「身材很高大，青白臉色，皺紋間時常夾些傷痕」的人，這是現實的細節描寫，卻帶有某種暗示。此人從形體到精神都是一個屈辱的殘廢人。舊傷痕上不斷添上新的傷痕，更使他的面部織成了一面被社會排斥者的恥辱標記之網。當他最後用手爬著到酒店來要求再喝一碗酒時，他的屈辱和被排斥（**既被長衫顧客也被短衫顧客排斥**）的過程也就全部完成了。

因此我認為，孔乙己這個人物非常像塞萬提斯（Cervantes）或岡察諾夫（Goncharov）的奧勃洛莫夫（Oblomov）。這類人物體現了一種思想類型，他們的行為特徵恰恰為某一歷史轉折時期一代人精神問題的縮影。孔乙己也像唐吉訶德一樣，執著於當時已不再被珍視的過去的價值觀，因此在咸亨酒店顧客的眼中是可憐的。連他的名字也有意思。姓的是孔夫子的孔，「乙己」則似乎含有儒家「克己復禮」的意思。但具有反諷意味的是：他既不能克己，也不能復禮。唐吉訶德尚有一個「他人」作為一種理想使其行為具有一點意義，孔乙己卻是連自己和「他人」都一併被剝奪了的。他對一些傳統價值的依附和他的有些斯文人的行為習慣（如「竊書」和飲酒）支撐著他可憐的存在，但都不能使他略有高貴之處。因此，雖然那樣受苦，孔乙己卻不是英雄，而只是咸亨酒店長衫短衫顧客都鄙視的失敗者。

如果說魯迅的人物刻畫是描繪現實和體現關鍵性思想的主要方法，那麼，他的敘述藝術，也就是表現人物以及人物之間相互行為的方法，就應是他的技巧最重要的方面了。應當說，魯迅是中國文學史上有意識地發展小說敘述者複雜藝術的第一人⑦。《孔乙己》技巧之妙不僅在寫出了主人翁這一難忘的形象，還在設計了一個不可信賴的敘述者。故事是由咸亨酒店一個小夥計用某種嘲諷口氣敘述的。這個人在敘述當時的情況時已經是一個成人了。當年他做小夥計的時候顯然也和那些顧客一樣，是鄙視孔乙己的。現在他作為成人回憶往事，歲月卻並沒有改變他的態度。通過這種間接的敘述層次，魯迅進行著三重諷刺：對主人翁孔乙己，對那

一群嘲棄他的看客，也對那毫無感受力的代表看客們聲音的敘述者。他們都顯得同樣可憐，同樣缺乏真正衡量問題的意識。魯迅敘述技巧的另一個好例子是《祝福》。敘述者是一個消極被動、無感受力的知識分子。他被作者用來和主人翁的痛苦相對比。這主人翁是個不識字的農村婦女，她的不幸激起她提出了那個重大的人生存在的問題，但這個問題本應是作為知識分子的敘述者更應當關心的。魯迅在這裏又一次透過敘述的藝術形式說明了啓蒙的重要。

魯迅的敘述者扮演的角色和所起的作用各各不同。有全知的，也有深思反省的；有主觀地移情於小說中人物的，也有客觀婉曲的。通過這些敘述者，魯迅把他的主人翁（狂人、沒落文人，憤世者、被迫害的農村婦女、無所作為的現代知識分子等）的感情和行為鮮明地浮現出來。特別是對那些消極的、不可信賴的敘述者的運用，更是標誌著魯迅已經獨特地離開了中國傳統小說的常規。這種敘述技巧給他的小說結構增加了反諷的廣度，提供了構成對立視界以及從主觀角度作說明的基礎。

但是魯迅小說中的主觀性卻決不是自傳式的懺悔錄，兩者決不能互相混淆。魯迅小說中雖然用第一人稱敘述者，卻並不直接表示自己的意見，這在「五四」一代作家中是無與倫比的。他的小說約有三分之二用了第一人稱，其中有兩篇是主人翁自述（《狂人日記》和《傷逝》），其他第一人稱都是敘述者。正如韓南所指出的：「作為一個經常使用第一人稱的作家，魯迅極少表現自我。⑧」小說中的「我」不但不是作者自己，反而是作者拉開自己和讀者

對自己的聯想之間的距離的有效方法。韓南說：「對於魯迅這樣一位充滿道義憤和教誨激情的內心自覺的作家來說，反諷和超然是心理的和藝術的必要。⑨」這些話，當然是正確的。敘述方法使他能在某些未解決的人的衝突方面極致地使用曲筆，在需要時，可以用第一人稱來說教，如《一件小事》，或用一種主觀的懺悔錄作反諷的批評，如《傷逝》。《傷逝》中的涓生在敘述他和子君失敗的浪漫史時極為傷感，實際上卻並不明白自己作為典型的「五四」浪漫知識分子失敗的深度，作為小說世界中的一個視象，透露出一種特別的淺薄。小說中所使用那種強調涓生愚蠢的脆弱感情的語言，使這一切更加明顯了。因此，借助於主觀的敘述方式，這篇小說也是對「五四」典型浪漫小說的嘲笑。正是這種將自我置於反諷的位置，這種主觀緊張與客觀距離的結合，形成了魯迅小說現代化的主要之點。

二、結合與分裂的張力

因此，可以這樣概括：魯迅小說的基本結構原則是兩種本質物的精妙結合。一是人物刻畫和敘述方式的結合，一是中心人物和敘述者（**未進入故事或半進入故事的**）的結合。這兩種本質物之間的關係提供了情節的動力。魯迅和茅盾不同，茅盾創作的是宏偉的全景畫，其中巨大的社會力量和經濟力量較之「劇中人」佔有更大的比重。魯迅則無意於此。他的注意力集中

在戲劇的前景或內景；至於背景的細節，除非和人物行動緊密相關，總是精簡到最少量⑩。按照短篇小說篇幅的要求，焦點常是放在某些關鍵場景或插曲的戲劇行動上，而不是講一個長而複雜的故事。因此，有些研究者把魯迅的小說看做某種「小說舞臺」，它像中國舊戲的舞臺，佈景是象徵主義而不是自然主義的，虛構的敘述者或暗含的作者像是導演，來回移動於時空以便推動戲劇行動並掌握觀眾的注意力⑪。魯迅小說舞臺的所在地當然是故鄉紹興，著名的咸亨酒店則是許多「幕」的中心。

不過，在魯迅的小說中，特別是那些創作自我中私人、內省方面較明顯的小說中，象徵的舞臺也可以解釋為一種內心的戲劇。在這些作品中，敘述者和主人翁的行為以及他們之間的相互行為，代表一種作者清理自己感情的「舞臺方式」。例如《在酒樓上》就是一個戲劇場景，主人翁和敘述者在這裏進行了一場持續的對話。主人翁述說的往事中包含那麼多魯迅的親身經歷，而敘述者移情的詢問又恰恰是引出魯迅內心的思想和回憶的一種方法。在某種意義上，兩人都是魯迅自我的投影。他們的對話，實際上是由作者安排的一次內心獨白的戲劇虛構。弗里曼（R. Freeman）在談波特萊爾的散文詩時曾說：「詩人使自己超然於場景，他自己的一部分以象徵的姿態扮演道德的焦點，另一部分則作為一個觀察者，在那個他正被吸引向場景的時間裏保持超然。⑫」這句話非常適用於《在酒樓上》的情景。

這種說法對魯迅的某些散文詩和回憶文字也適用。他的散文詩隱喻地運用了「敘述者和

主人翁的分裂」，《朝花夕拾》中的回憶文章則以事實爲根據，是一位中年作家在回顧往事中那些難忘的片段，但這些自稱是自傳性的述說中仍有藝術虛構成分。在《父親的病》和《從百草園到三味書屋》中，幼年的魯迅實際上已是一個作者帶著頗爲愉悅的心情去看的虛構的主人翁了。透過巧妙的情緒的喚起和事實的編織，魯迅創作了一部虛構的自傳，將自己的過去處理爲絕妙的文字。當然，這處理並不是像寫小說那樣著意去做的。

弗里曼曾將歐洲從二十世紀初以來的小說新潮的特點指爲「抒情長篇小說」，認爲它是「一種雜交的體裁，用長篇小說達到詩的功能」，在其中，「常見的場景變成一片意象的組織，人物顯得是作者的自我」⑬。在現代中國作家中，只有魯迅和郁達夫接近於這個赫塞、紀德、伍爾芙，甚至某種程度上的喬埃斯的現代派傳統，雖然他們兩人或許都還不大瞭解這些歐洲的同時代人。或許正是由於這種連繫，普實克發現中國現代文學和歐洲現代文學之間存在著某種「匯聚」。他說：「魯迅作品突出的回憶和抒情特色，不僅將他引向十九世紀現實主義的傳統，而且引向了兩次世界大戰之間歐洲那些有明顯抒情色彩的散文作家。」⑭普實克這種不無誇張的看法，是因爲他強調魯迅繼承了中國古詩中主導的抒情意味，因而在寫作中注意情緒、意象、抒情意味、隱喻景象等方面，不惜忽略作爲現實主義特點的情節、背景的細節描寫、系統敘述等方面。在魯迅的小說中，這種抒情性在《彷徨》諸篇中，特別是《在酒樓上》、《孤獨者》、《傷逝》中表現得最突出。散文詩集《野草》中這種抒情性又比在小說中

浸潤得更深。

三、象徵敘述的成就

魯迅非現實主義技巧的最後一方面可稱之為「象徵敘述」。就是說，在這種敘述結構中，「現實」故事的因素只有和較高層次的象徵寓意結合起來讀才有意義。這在魯迅的小說中只是次要筆調，主要代表作只有兩篇：《狂人日記》和《藥》。《長明燈》也可以歸入此類。

《藥》是魯迅所寫的最複雜的象徵主義小說。小說的結構是錯綜複雜地編織起來的幾條象徵之流。這幾條象徵之流合在一起，在一個似乎是現實主義的情節佈局中述說一個寓意的故事，並最後匯集為一個有力，但極為含混的結尾。從表面看，這只是關於一對鄉愚老夫婦為病重的兒子求藥的故事。只是這「藥」很特別，是一個蘸了剛被處死的革命者之血的饅頭。本來，人血可以治療病的迷信在《狂人日記》裏就已經提到過，現在魯迅又利用這迷信行為作為象徵結構的基礎。那對老夫婦姓華，「華」是中國古稱「華夏」的一半。他們的兒子（也是中國的兒子）病了，必須用革命者的血來治療，這革命者恰恰又姓「夏」。這樣，這兩個作為象徵的姓氏就表明了兩個青年正是一對，為了一個「中國之子」使另一個「中國之子」無益地犧牲了生命。但是在小說的現實層次上，這一象徵意義卻是小說中的人物無法理解的。當華家的

兒子用手撮起這個饅頭看的時候，他「似乎拿著自己的性命一樣，心裏說不出的奇怪。」但是

他那吃人的飢餓，很快就驅除了心裏這似乎明白的一閃，「不多功夫，已經全在肚裏了，卻全

忘了什麼味」。小說結束在兩個母親在墳前哀悼自己兒子的情節，那墳的形象也像饅頭一樣。

就這樣，透過微妙的象徵的傳達，魯迅透露出內心深刻的悲觀：烈士的革命目的在「典型的」

中國人中已經完全失落了。

華小栓之死看來是不可避免的，由於父母的無知，使他成為迷信的受害者。夏志清認

為：「從政治思想的層次說，華小栓之死，象徵著封建制度之死，在革命變革中不可能再生。

⑮」但這裏或許還有更震動人心的意思，就是：夏瑜之死象徵著革命本身的失敗。革命者

本人是否也知道自己的血是白白犧牲的呢？小說中的康大叔複述夏瑜的行為時，曾說過他好像

瘋了，在獄中甚至對虐待他的獄卒表示「可憐」。但是這最後的憐憫卻沒有被他的同胞們注

意。在小說的象徵框架中，它提供了一個關於犧牲意義的重要線索：在肉體受虐待的高度痛苦

中憐憫別人，顯然是從基督受難的例子所得的啟發。後來在散文詩《復讎之二》中，魯迅曾進

一步運用了這個題材。《藥》中的革命者也如基督一樣，正因為自己無知的同胞不理解自己，

虐待自己，所以憐憫他們。這革命者死了。看來，他對自己從容就義之並無效果是充分瞭解

的。他知道自己為之犧牲生命的同胞們並不能掌握這件事情的真正意義。但是這革命者又和

基督不同，他不能依靠那更高的權威——神，不能憑藉任何超現實的來源解決終極的意義的問

題。這也是魯迅人道主義的最後悲劇。

在小說最後一場，兩個母親在墳場相遇時，這個關於犧牲意義的問題又一次被提出來

了，而且似乎也以某種方式解答了。這著名的、並且有極濃重象徵意味的場景，引起了許多解

釋和爭論⑯。當然，最後一個場景中確實有一些表示希望的筆觸（否則那氣氛就太陰沉了）。

首先，華、夏兩家兒子的墳是並排堆著的，表明那血已經給予了兩個死者以密切的兄弟關係。

雖然中間還隔著一條作為社會習俗標誌的小路，但兩位憂傷的母親畢竟還可以交流人類共有的

苦惱。其次，夏瑜墳上出現了花環，這是魯迅為響應他《新青年》同事們的樂觀精神而加上的

曲筆。但是，發現這個花環的烈士母親卻是從世俗迷信的角度去理解它的。

「瑜兒，他們都冤枉了你，你還是忘不了，傷心不過，今天特意顯點靈，要我

知道麼？」他四面一看，只見一隻烏鴉，站在一株沒有葉的樹上，便接著說，「我

都知道了。——瑜兒，可憐他們坑了你，他們將來總有報應，天都知道；你閉了眼

睛就是了。——你如果真在這裏，聽到我的話，——便教這烏鴉飛上你的墳頂，給我

看罷。」

（卷一，第四四八頁）

這位母親是按照習慣的迷信想法，祈求上天對她兒子不公正的處死給以報應。這時，烏鴉的動作成了關鍵的象徵信號。但是，牠卻只是「在筆直的樹枝間，縮著頭，鐵鑄一般站著。」而當兩位母親終於慢慢離去時，牠卻又在後面「啞」地大叫一聲，「直向著遠處的天空，箭也似的飛去了。」

這最後的一飛是意味著希望還是失望？按傳統迷信，烏鴉當然是惡兆。牠沒按照烈士母親所要求的那樣行動，也可以說是否定了迷信，並不構成那個傳統的惡兆。另方面，這「直向著遠處的天空」的一飛是否一定暗示革命的希望呢？據我看，「是」或「否」這兩種答案都是對魯迅含糊的結尾藝術的簡單化。事實上，人們可以從各個角度來看這個場景。但是烏鴉的意象卻把人提到一種宇宙的高度，並且引入一種道家的反諷意味，即所謂「天地不仁」。用這樣的尺度衡量，某一個人的痛苦和犧牲在這世界上終究是沒有什麼意義的。也可以說，這烏鴉並不顧及任何想從牠那裏得到輕易的解答和安慰的人們（也包括那些渴望得到政治思想方面的解答的讀者）的願望，而自顧自地飛去了。作者賦予烏鴉的含義，我以為是完全不確定的，不過，它顯然排除了加在結尾的那個花環所帶來的世俗的樂觀。

因此，在「抽象」層次上，人們可以說魯迅似乎是在做另一種精神探索。像《藥》這樣一些小說，因為其中含有多重意義，所以比其他的要「隱晦」一些。

關於魯迅小說的現實主義、政治思想、諷刺等諸方面，已經有許多研究者做了極多的闡

釋⑰。因此，留下給我的，只有從寓意方面的研究來尋求組成它的精神結構的類型學。這就是說：研究在魯迅小說中常出現的那些由某些隱喻或抽象主題所組成的關係的結構。它們也可以叫做魯迅「在哲學上的專注」，存在於他通過藝術對自己、對社會的思想探索的內在核心。

（錄自本社出版之李歐梵著《鐵屋中的吶喊》）

注釋

①夏志清在《中國現代小說史》中，給以好評的是九篇，但以為《一件小事》、《頭髮的故事》、《幸福的家庭》、《孤獨者》、《傷逝》等篇是魯迅的趣味「難於肯定」、「流於感傷的教誨主義」的例證。

②M.Dolezelova-Velingerova教授正在寫一部從結構主義觀點研究魯迅小說的書。

③這種安排在某些情況下可稱為「追溯抒情」（retroactive lyricism）的技巧，是一種將召喚性的描述溶合於道德認識的方法。在小說中回溯自己過去足跡的過程也是自己發現一系列道德教訓的過程。魯迅那些用第一人稱作為主人翁或敘述者的小說尤其是如此。黃金銘的論文《追溯的抒情：對魯迅第一人稱小說的研究》（Retroactive Lyricism: A Study of Lu Hsun's First-Person Stories）（未發表）和T.D.Huters的《雪中盛開的花》（Blossoms in the Snow）（Modern China，

卷十，第一期）對此都作了研究。

④夏志清：《中國現代小說史》。

⑤「現實主義」和「典型化」是馬克思主義和蘇聯文學批評傳統中兩個主要準則，對幾乎所有中國的魯迅小說研究都留下根深蒂固的印跡。例子數不勝數。因為這個問題和本書研究無關，所以不在此處列舉。一九七九年以後的研究已開始和這個潮流相反，強調他的創新和技巧方面了。

⑥韓南：《魯迅小說的技巧》，佛克瑪：《俄羅斯文學對魯迅的影響》。

⑦中國研究者對魯迅技巧的注意中心多在人物刻畫，西方研究者卻極為注意（或許過分了些）他小說中敘述者的作用和敘述藝術。除前面提到的黃金銘和Huters的文章外，還可參閱萊爾（William Lyell）的《魯迅的現實觀》（Lu Hsun's Vision of Reality）和Charles Alber刊於《東西方文學》（Literature East and West）中的對此書的評論。另外，Marston Anderson的《魯迅小說形式的道德》（The Morality of Form:Lu Xun and the Modern Chinese Short Story）一文從魯迅小說的道德含義來考慮他的敘述技巧，他對「現實主義」的定義比我所作的較寬，較理論化。

⑧兩段引文均見韓南：《魯迅小說的技巧》。

⑨

⑩普實克：《抒情詩與史詩》（The Lyrical and the Epic），第六〇至六二、一二三至一二四頁。

⑪魯迅自己在《我怎麼做起小說來》中也曾談到「中國舊戲上，沒有背景」的方法適宜於他寫小說的目的。對這個問題較充分的論述，可參閱萊爾（William Lyell）的《魯迅的短篇小說舞臺》

（*The Short Story Theater of Lu Hsün*）（一九七一年芝加哥大學博士論文）和朱彤的《魯迅創作的藝術技巧》第五四至五五頁。朱彤指出《肥皂》和《高老夫子》中，魯迅怎樣透過人物在前後台行爲的對比來來進行諷刺。

⑫弗里曼（Ralph Freeman）：《抒情長篇小說》，（*The Lyrical Novel*），普林斯頓，一九六六年，第三二頁。

⑬同上，第一頁。

⑭普實克：《抒情詩和史詩》，第一○九頁。

⑮夏志清：《中國現代小說史》，第三四頁。

⑯多數研究者把這一場景當作革命希望的表現。李希凡最近出版的《〈吶喊〉、〈彷徨〉的思想與藝術》一書中也仍然堅持這種觀點，認爲按中國傳統習慣，烏鴉本是和貓頭鷹一樣不祥的鳥，但在魯迅筆下，這隻烏鴉卻是用來表達革命的吶喊的（第三四四頁）。M・D・維林吉諾娃從不同的角度（「活力對立的結構原則」角度）也得出同樣積極的結論。（見《五四文學》中維林吉諾娃關於《藥》的論文。）

⑰在這些研究中，中國大多數研究的特點是庸俗現實主義和政治思想方面的研究。在西方，夏志清和韓南是兩位大師，他們分別分析了魯迅小說的諷刺與反諷方面。另一位較年輕的研究者安德遜（Marston Anderson）又從現實主義的新的理論角度作了很有見解的分析。

附錄二

魯迅的文學遺產

李歐梵

魯迅在一九三六年十月十九日去世時，已被兩個口號之爭造成的內部麻煩竭盡精力。從他晚年那種深深煩惱的情緒，他恐怕很難預料自己的葬禮會是那樣的莊嚴和規模宏大，也不會料到自己後來會那樣地被神化。在去世前一月，他試作過幾條「遺囑」，前四條是：

一，不得因為喪事，收任何人的一文錢。——但老朋友的，不在此例。

二，趕快收斂，埋葬，拉倒。

三，不要做任何關於紀念的事情。

四，忘記我，管自己的生活。——倘不，那就真是糊塗蟲。

（卷六，第六一二頁）

但是，和他的願望相反，後代人並沒有忘記他。在他逝世五十周年和誕辰一百周年時，全世界都舉行了紀念活動。在中國大陸，紀念魯迅已經成了「專業」，出產了數量極豐的產

品：至少有三部全集；著作有許多單行本，有些是重印的手稿，成千本的書，成萬篇的文章；博物館和陳列室；兒童讀物、畫冊、照片、畫像、速寫、漫畫、幻燈片、雕塑、電影、音樂（包括戲曲和舞蹈）、話劇、招貼畫、書籤、紀念章，不一而足。很難想像世界上還有任何其他現代作家能在整個民族範圍內受到這樣的殊榮。

一、「於無聲處聽驚雷！」

按照由毛澤東本人建立起來的對魯迅的官方觀點，他簡直可以說是中國共產黨革命的思想之祖，是一個從「五四」運動到中共城市鬥爭時在革命考驗中閃閃發光的人。雖然不是共產黨員，相較於三〇年代那些城市的黨員，他卻被認為是一個真正的馬克思列寧主義、毛澤東思想者。於是，他的思想就被說成是為毛澤東鋪平了意識形態的道路。從五〇年代開始的中國大陸不斷的政治運動中，魯迅的名字，以及引述的他的一些話語，就一再地被用來「打倒」各種色彩的敵人，並同時證明各個不同宗派（儘管有的是相互對立的）的正確。一九七六年毛澤東去世後，出現了某種微妙的對毛澤東的貶低，但魯迅的名聲仍毫無損傷。這種由黨所製造的，徹頭徹尾崇拜魯迅的後果，產生了一種狹窄的觀點，降低了魯迅的人格和思想的巨大複雜性，變成一套簡單的英雄色彩。官方的魯迅「專業」的最後產品，只是他這個真實人「大於生活」

的漫畫。

我在本書中的研究，走了從非毛角度使魯迅非神化的一步，依靠的是承認他內在的悖論和矛盾，並盡我所能地恢復他寫作藝術方面的本來面貌，證明它是文學，而不是政治思想。因為我得出的結論是：魯迅並非一位有體系的，甚至也不是前後一貫的思想家；他思想的「發展」也並非順著一條從社會進化論到革命馬克思主義決定論的路線。在我看來，他是一位高度「思想化」（intellectualized）的作家，他把自己的思想和情緒（內心的鬼）轉化為藝術的意義結構（structures of meaning），這種意義結構是決不能膚淺地僅僅理解為抽象的「革命意圖」的。因此，我更為注意他的小說和散文詩，對他的雜文則更強調其「精神」方面，而不是狹窄的政治方面。甚至在處理他晚年的革命活動時，也寫了思想和心理上折磨的這一條線，而不是表現一位正面英雄的「光輝典範」。

在評價魯迅對中國文學和文化的貢獻中，我將他的作品放在中國傳統整個遺產的背景之前來審視。因為我相信，魯迅作為藝術家的獨創性，他在有前人累積極其豐富的文學傳統中進行創新的努力，才是他的「現代」和「偉大」之處。這並非要低估外國文學對他相當重要的影響。進一步的比較研究或許還可以從國際背景上衡量他的「現代化」（modernism）。總之，魯迅文學事業最有成就的時期是從一九一七至一九三六年的二十年間。這個時期既在歐洲盛開著「高度現代化」（high modernism）的文學之花，同時也是左翼思想現象盛行之時，後者部分是

由布爾什維克革命和蘇聯的興趣所激發的。

魯迅向國外借鑑的情況也如他對本國傳統反應的情況同樣複雜。他顯然傾向蘇聯和國際左翼文學，晚年幾乎已經成為「同路人」，但他本人的審美愛好卻又表現出和歐洲現代派文學藝術的某種接近。如我在對《野草》的分析中所指出的，波特萊爾的痕跡在《野草》中是清晰可辨的，雖然很難證明哪些是對《惡之華》（Les fleurs du mal）的直接模倣。散文詩中同樣也可以看出存在主義的跡象，當然也難指出直接連繫。魯迅對尼采以及對齊克果（Kierkegaard）（稍次）的興趣是人所共知的，不過他並未以他們的哲學前提作為自己作品的基礎。人們還很少提到的是：在藝術欣賞方面，他似乎相當愛好頹廢藝術，特別是畢亞茲萊（Beardsley）的繪畫，雖然他從道德上公開批評過他的「世紀末」的表現（卷七，第三三八頁）。他對英美文學懷有偏見，不僅林語堂作過批評，他自己也承認這一點。他會見過蕭伯納（George Bernard）並寫過關於蕭伯納的文章，但在一封給胡風的信中又說發現英國作品大多是「無聊」的（《魯迅書簡》卷二，第九四一頁）。這種偏見也表現在三〇年代初他對「第三種人」的抨擊中。在他政治熱情極高時，對於報刊上介紹的英美文學巨匠如喬埃斯（James Joyce）、T·S·艾略特（T.S.Eliot）、葉慈（W.B.Yeats）、海明威（Ernest Hemingway）、福克納（William Faulkner）、W·H·奧登（W.H.Auden）都不予注意。另方面，從他留學日本時起直到晚年，卻一再宣揚東歐和北歐小國的作家，視為被壓迫民族的喉舌，雖然他這樣做更多地是由於「精神的」而不

是政治的原因。在晚年，魯迅是珂勒惠支版畫熱烈的激賞者和提倡者，而珂氏的作品在許多方面是最好的有信仰的藝術的象徵，結合了德國印象主義的強烈意象和反抗壓迫的左傾的政治感情。

以上這些魯迅對國外文學趣味的例子，表現為一幅複雜的圖畫，需要作為「跨文化」借鑑的現象來作進一步分析。不過，有一個本質方面卻還沒有被人們看到，就是他儘管喜愛高爾基和法捷耶夫等蘇聯作家，對於後來所謂的社會主義現實主義作品及其無產階級背景和英雄人物，卻並沒有多大興趣。就是對《毀滅》這樣較「軟」的社會主義小說，注意的焦點也不在農民等人物，而是在知識分子萊奮生和美諦克身上。他喜愛這部小說的原因之一，或許就是因為在這兩個人身上看到了他自身的某些東西：一個是在走向滅亡中動搖的多餘人，另一個是看到較好的未來卻仍苦於孤獨的「過渡」的革命者。兩人都是時間之流中的過渡人物，美諦克是從過去走來，萊奮生是向未來走去。兩人生命的意義都是犧牲並最後被歷史湮沒。

我們在魯迅的作品中，特別是他正在思索著革命和文學的關係時的一九二七、一九二八年的作品中，經常看到對這種過渡性知識者的命運的關心。他甚至曾以「知識階級」為題專門作過一次講演（一九二七年十一月），涉及的一個主要問題，就是知識者和政治掌權者的利益是否可以並存的問題。他的回答是否定的：

智識和強有力是衝突的，不能並立的；強有力不許人民有自由思想，因為這能使能力分散……總之，思想一自由，能力要減少，民族就站不住，他的自身也站不住了！

（《魯迅三十年集補遺》，第九十頁）

知識者由於有知識，必定是自由思想者，必定要說出自己所想的而不考慮政治上的權宜之計。因此，魯迅認爲真正的知識分子是不會滿足於社會而且常是痛苦的：

他們對於社會永不會滿意的，所感受的永遠是痛苦，所看到的永遠是缺點，他們預備著將來的犧牲，社會也因爲有了他們而熱鬧，不過他的本身——心身方面總是苦痛的；因爲這也是舊式社會傳下來的遺物。

（《魯迅三十年集補遺》，第九二頁）

魯迅對知識者的這種判斷，同樣也適用於文學家。他在這段時期作的另一次講演《文藝與政治的歧途》就是一個證明。有趣的是，魯迅還把知識者的這種素質看做是「舊社會的殘餘」，似乎意味著知識者本身就是一個過渡階級，他從舊社會來，在今天的環境中是否仍能繼

續存在似乎也是可疑的。這也是魯迅的自況。他本人就是個真正的知識者，生於舊社會，又身不由己的陷入新社會誕生的陣痛時期，感覺到在當前政治權力統治下的艱難。精神上的「殘餘」表明他正是一個過渡的人，是一位由於自己的文學背景和趣味，而並不屬於上升的無產階級，反屬於文人精英的另一陣營的人。在這意義上，魯迅左傾時期也清醒地看到，自己最多只能扮演一個加速舊力量死亡的後衛角色。而且，作為一個真正的知識者，他選擇的是文字而不是行動，並不喜歡那種必然與任何一種革命行動伴隨而來的流血和騷動。正如他一九二七年向聽眾所講的那樣：一個人一旦有了思想——這是知識者的標誌——他就不能行動了①。

當然，這個後衛的角色，又會使人回顧那個揹住閘門放年輕人到光明地方去的、自我犧牲的父親形象的隱喻。這個隱喻又和「鐵屋子」的隱喻有關，兩者都是空間閉塞的形象，只不過「鐵屋子」封閉得更緊，沒有門，也沒有窗，根本沒有出路，幾個清醒的人和多數熟睡者都是注定要悶死的。對於那些較為樂觀的魯迅同時代人來說，關於這兩個隱喻最終還有一個時間的問題：黑暗的閘門和鐵屋子將來是否終將摧毀呢？魯迅的回答是按一種奇異的希望與失望的雙重否定的悖論來確定的：既然人們並不能證明二者之中哪一種是現實的，也不能證明哪一種一定是虛幻的，那麼，如果希望的幻想能夠給一些人以安慰，又何必吝惜這種安慰呢？

但如果把這兩個隱喻轉向內面，作為魯迅黑暗的內心世界的一種象徵結構（symbolic configuration），就更是悲劇的了。如果那揹住閘門的巨人並沒有被壓死，他將必然為在「鐵屋

子」裏不可避免的死亡而忍受痛苦。如我在論他的小說的一章中所說，魯迅曾一直執著於那個清醒的孤獨者的形象。這個清醒者面對一批昏睡的群眾，進行一系列無益的鬥爭。這種精神發展的最終點就是厭世或死亡，他的命運是已經注定了的。但正是魯迅的這一黑暗的方面是我所讚頌的，我在這個注定了要失敗的清醒者的聲音裏看到了偉大。因此，對我來說，「鐵屋子」是個雙重的隱喻：既指中國社會和文化當時的狀態，也指他本人的精神狀態。魯迅對這兩個狀態的感知使他發出了獨特的「聲音」，不僅是「吶喊」和彷徨中的寂寞之聲，還有他選取來表達出他內心痛苦的文學之聲。或許我們可以在這裏引用一句他自己的詩：於無聲處聽驚雷！

二、魯迅精神仍在中國徘徊

即使是我這樣一幅畫像，或許也仍有使魯迅的偉大過於理想化的危險，雖然我的本意並非如此。因為我確信他對自己和對社會的悲劇洞察之深之廣，在當代中國作家中是無與倫比的。他的文學之聲，在現代中國文學史上也沒有得到充分的反響。他在豐富的著作中所確立的風格——一種高度啟示性的，甚至是寓意的，由諷刺的機智所加強的抒情散文——是任何模倣者都沒有超過的。他的小說中對反諷距離和敘述者的巧妙運用，也是他那個時代的重大突破。但是這些技巧卻並沒有爲三、四〇年代的中國小說家所繼承發展，相反，他們卻只把自己局限

於社會現實主義的方式中。雖然他們也有可觀的文學成就，卻似乎受社會政治環境之迫，將魯迅所發展的敘述技巧的豐富複雜，削弱為簡單的表達主題。魯迅的雜文是被廣為模倣的，但沒有一個後來者能比上他的才能；他們缺乏做這種工作必要的成熟和豐富，卻把魯迅風格看做只是憤世抨擊而想拋棄。而且，無庸贅言，魯迅獨特的散文詩集至今仍然無人可以媲美。

只有一種文學體裁，是後來的中國作家有所成就而魯迅似乎沒有做到的，就是長篇小說。但是如果就小說的整體範疇看，後來的小說仍然沒有達到魯迅藝術上概括凝煉和象徵的感染力。當然，六、七〇年代的台灣作家已臻於技巧成熟，新時期的大陸作品也開始較有創造性。但是在這些作品中卻找不到那種既涵蓋且又穿透整個民族文化傳統的視象的偉大，那種閃耀於魯迅細緻的人物畫像後面的大師的概括。因此，具有反諷意義的是：要繼承這位偉大的創新者的文學遺產竟是成問題的，他比較顯見的影響卻是在別的方向。

除文學以外，魯迅對左翼政治承擔的性質和程度仍是一個熱烈論爭的主題。在他的愛好者中，毛澤東思想的信仰者和非信仰者對他的遺產問題的看法，也有極大的不同。我個人的看法，如在本書後半部分已說過的，以為他對政治的承擔來自對文學和政治的關鍵問題的反思，這是一個長期的精神過程，和那種盲目的、宗教似的信仰（例如郭沫若和其他創造社成員的信仰）有本質的區別。因此，我同意林毓生的看法，以為魯迅的政治承擔是絮根於一種道德感情，因而不容許任何的機變權詐（personal chicanery）和實用主義（operational

— 225 —

pragmatism）②。這種道德傾向的內在邏輯必然會使他反對那種職業的政治家，不論是國民黨的或共產黨的。如兩個口號之爭所說明的，對魯迅來說，這裏包含著一個道德問題，他所做的正是一個有所承擔的人所做的，一旦決定了什麼，就不再妥協。這就是一些人想用文學口號作爲一種統一戰線的策略時，他所以拒絕的原因。

魯迅的這種道德感和行爲給他的一些學生提供了榜樣，這些人和他一樣，也有倔強的性格，如胡風和蕭軍。他們繼承的是獨立不屈的遺產。政治上的道德感情，在四〇年代轉化爲革命的理論和行動時，就意味著：中國現代作家的獨立性和叛逆性決不能丟棄，文學的教條政治化決不能等同於文學政委們以「爲革命的目的」的名義讓作家沉默的政治教條。胡風和蕭軍在後來的內部論爭中都是不妥協的。在四〇年代初，在重慶的胡風和在延安的蕭軍都曾向對文學的政治思想控制挑戰。在「民族形式」的論爭中，胡風充當了一個突出的角色。他肯定以魯迅爲範例的，較爲世界主義的「五四」文學價值觀，反對以土生土長的形式爲優而貶低上述遺產。在著名的《在延安文藝座談上的講話》發表時，有些作家曾以魯迅的名義，維護作家不受官僚主義的不正當干擾爲革命的目的而寫作的權利，蕭軍就是其中之一。

但是，幾乎所有魯迅著名的學生，如胡風、蕭軍、馮雪峰，都曾被清洗。他們的不幸命運證明，不說別的，至少這個創作獨立的遺產是不安全的。這些事也必然提出了另一個問題：如果魯迅還活著，他在這許多政治運動和清洗之後仍能安然存在嗎？。在中華人民共和國的前

三十年間他會怎樣做？

關於對魯迅名義的政治上的利用，已經有人作過研究③，此地不再談。最後，使我們感到反諷的是，在「四人幫」的極盛期，一個人如果曾在魯迅的文章中被否定過，那就會遭到江青等極左派的嚴厲打擊。同時，試圖出版一部新的《魯迅全集》也受到「四人幫」的懷疑。在文化大革命中做一個魯迅研究者，也像做他的學生一樣，是一件危險的事；而此時卻正是魯迅崇拜盛行之時，玩弄魯迅語錄的政治思想「藝術」在文化大革命中也達到高峰，後來也還在繼續，在這方面，魯迅實已與毛澤東平行。雖然他的反偶像崇拜的文章曾被利用於「批林批孔」的運動中，但現在的領導人卻又能從他的文章中找出宣傳「四個現代化」的東西。《拿來主義》一文過去是被忽視的，現在卻一再被引用，因為它主張「拿來」一切有用的外國的東西。魯迅的「自我解剖」之句，在新的反對資產階級自由化運動中，被引用號召人們清洗自己的錯誤。

文革以後魯迅遺產所起影響的情況如何呢，現在還難估計。它正在穿過之前的迷宮。少量非神化的努力是清晰可見的：少數研究者正在寫他生活中一些重要或不大重要的片段，目的在勾畫出一幅人的而非神的畫像。一部註釋得最好的全集也已出版。但是，部分是由於過去對這位偉大作家的「經典化」引起的反感，現在年輕一代讀者對魯迅的作品仍不甚熱心。另方面，在香港出版的第一部前紅衛兵的集子，書名用的就是魯迅的詩句：「敢有歌吟動地哀」。

集子裏那些不夠成熟的作品中，經常提到魯迅散文詩中一些關於死的形象。事實上，在最近以前《野草》由於它的低沉的調子和「虛無」的內容，曾被研究者們有意忽略了，近期才被一些青年研究者所推崇，似乎是個新的發現④。

由於種種原因，魯迅精神仍然在中國徘徊不去，這在許多不同的作家和青年身上可以得到證明。在陳白塵改編爲話劇的《阿Q正傳》中，曾有扮演的魯迅親自出場，在幕前幕中發表帶諷刺意味的評論。他最後憂鬱地說：雖然阿Q並沒有子孫，但在今天中國的每個角落都可以找到他的後代。這就是說：中國儘管經過了不斷的思想改造運動，著名的阿Q精神，如自欺、精神勝利、兩面派、安協、凌弱怕強等等，在社會主義中國的國民性中仍是重要的部分，近期中國官方把這些解釋爲「封建殘餘」。

但是，「封建殘餘」只是一種政治思想口號的概括，現實中存在的問題或許更大。如美國學者林培瑞（Perry Link）在中國長期居住觀察所得，魯迅的批評眼光所注意的一些重要問題，特別是群眾把犧牲者當做觀賞景象而無動於衷的殘酷情況，在中國可說是每日可見⑤。劉賓雁的《人妖之間》也記錄了比《阿Q正傳》更廣泛的腐敗現象。從劉賓雁暴露的衝刺和一九七七年以來中國文學中的「暴露黑暗面」，或許也可以看到魯迅直面中國社會現實並揭示它可怕的真相以求療救的態度。因爲，正是魯迅的批評精神，比其他一切都更加決定了他人格的完整和思想的良知。而且，如果說魯迅精神在今天仍然需要，這就會啓示所有的人都來提出

— 228 —

魯迅數十年前提出過的問題：作爲文革的後果，中國國民性又出了什麼問題了呢？魯迅把文學看做是精神的探索，把寫作當做一種無情地解剖自己也解剖別人的形式，這種觀念，看來今天是更有用了。但是在一種集體範圍內，這種無情的靈魂探索，會引起對社會制度更多的挑剔和暴露，並產生更多的心理痛苦。因此，中共的領導人未見得喜歡提倡，它似乎並不利於四個現代化的建設。

這種「黑暗」的想法，是邏輯地隨著我對魯迅的「黑暗」的描繪而來的，它不可能帶給任何人安慰，但對《野草》中魯迅那個鬼魂的自我，或許反而是一種安慰。經過半個世紀的痛苦和苦惱以後，他或許終於已經平靜了吧。

（錄自本社出版之李歐梵著《鐵屋中的吶喊》）

注釋

① 參閱《魯迅三十年集補遺》，第八九頁。
② 林毓生：《思想的道德和政治的不道德》，載於《魯迅及其遺產》，第一二五頁。
③ 見哥德曼：《文化大革命及其後對魯迅在政治上的利用》，載於《魯迅及其遺產》，第一八〇至一九六頁。
④ 在官方的紀念魯迅誕生一百周年學術討論會論文選中，所選的三十篇論文中有四篇是專論《野

⑤ 林培瑞寫了一篇論文《七〇年代的魯迅遺產——新時期中國觀感》（*Lu Xun's Legacy in the 1970s:A View of the post-Mao Era*），作爲《魯迅及其遺產》的參考。這篇論文反映了他本人在中國的經歷，也涉及魯迅關於國民性問題的觀察。這篇文章雖然沒有刊載在《魯迅及其遺產》一書中，對我寫這一章卻極有幫助。不過，證明魯迅對當代中國政治仍然有用的最有力、最尖刻的評論卻來自simon Leys（Pierre Ryckmans）。參閱他的《破碎的形象：中國文化及政治論集》（*Broken Images∶Essays on Chinese Culture and Politics*）一書中的兩篇文章，《政府花園中的魯迅「雜草」》和《阿Q還活得好嗎?》，第九至三七頁。及其《火林：中國文化政治論集》（*La forêt en feu:Essais sur la culture et la politique chinoises*）中兩篇關於魯迅的論文，第八五至九四頁。

草》的，除李何林的一篇外，都沒有談到魯迅在共產黨革命中的作用。

魯迅年表

一八八一年

九月二十五日（農曆八月初三日）出生於浙江省紹興府會稽縣東昌坊口周家。取名樟壽，字豫山，後改名樹人，字豫才；一九一八年發表小說《狂人日記》時始用筆名「魯迅」。

一八八七年　六歲

入家塾，從叔祖玉田讀書。

一八九二年　十一歲

入三味書屋私塾，從壽鏡吾先生讀書。

一八九三年　十二歲

秋，祖父周介孚因科場案入獄。魯迅被送往外婆家暫住，接觸了一些農民生活，與農民的孩子建立了純真的感情。

一八九四年　十三歲

春，回家，仍就讀於三味書屋。

冬，父周伯宜病重。爲求醫買藥，常出入於當鋪、藥店。

一八九六年　十五歲

十月，父周伯宜病故，終年三十七歲。

一八九八年　十七歲

五月，往南京考入江南水師學堂求學。

十月，因不滿水師學堂的腐敗、守舊，改考入江南礦路學堂（全稱為「江南陸師學堂附設礦務鐵路學堂」）。魯迅這時受了康梁維新的影響，又讀到了《天演論》等譯著，開始接受進化論與民主思想。

一九〇一年　二十歲

繼續在礦路學堂求學。十一月，到青龍山煤礦實習。

一九〇二年　二十一歲

一月，從礦路學堂畢業。

四月，由江南督練公所派往日本留學，入東京弘文書院學習日語。

十一月，與許壽裳、陶成章等百餘人在東京組成浙江同鄉會，決定出版《浙江潮》月刊。課餘積極參加當時愛國志士的反清革命活動。

一九〇三年　二十二歲

三月，剪去髮辮，攝「斷髮照」，並題七絕詩〈靈台無計逃神矢〉一首於照片背後贈許

壽裳。

六月，在《浙江潮》第五期發表〈斯巴達之魂〉與譯文〈哀聖〉（法國雨果的隨筆）。

十月，在《浙江潮》第八期發表〈說鈤〉與〈中國地質論〉。所譯法國凡爾納的科學小說《月界旅行》由東京進化社出版。

十二月，所譯凡爾納科學小說《地底旅行》第一、二回在《浙江潮》第十期發表，該書的全譯本後於一九〇六年由南京城新書局出版。

一九〇四年　二十三歲

四月，在弘文書院結業。

九月，入仙台醫學專門學校求學。魯迅後來在講到自己學醫的動機時說：「我的夢很美滿，預備卒業回來，救治像我父親般被誤的病人的疾苦，戰爭時候便去當軍醫，一面又促進了國人對於維新的信仰。」（《吶喊・自序》）

一九〇六年　二十五歲

一月，在看一部反映日俄戰爭的幻燈片時深受刺激：一個體格健壯的中國人被日軍指為俄探，砍頭示眾，而被殺者與圍觀的中國人卻都神情麻木，魯迅由此而感到要拯救中國，「醫學並非一件緊要事」，更重要的是「改變他們的精神」，於是決定棄醫從文，用文藝來改變國民精神。

— 233 —

一九〇七年　二十六歲

三月，從仙台醫學專門學校退學，到東京開始從事文藝活動。

夏秋間，奉母命回紹興與山陰縣朱安女士完婚。婚後即返東京。

夏，與許壽裳等籌辦文藝雜誌《新生》，未實現。

冬，作《人之歷史》、《科學史教篇》、《文化偏至論》、《摩羅詩力說》，都發表在河南留學生主辦的《河南》月刊上。

一九〇八年　二十七歲

加入反清秘密革命團體光復會（一說一九〇四年）。

繼續爲《河南》月刊撰稿，著《破惡聲論》（未完），翻譯匈牙利欷息的《裴彖飛詩論》。

夏，與許壽裳、錢玄同、周作人等請章太炎在民報社講解《說文解字》。

一九〇九年　二十八歲

三月，與周作人合譯《域外小說集》第一冊出版；七月，出版第二冊。

八月，結束日本留學生活，回國，任杭州浙江兩級師範學堂生理學、化學教員。

一九一〇年　二十九歲

九月，改任紹興府中學堂生物學教員及監學。授課之餘，開始輯錄唐以前的小說佚文

（後彙成《古小說鉤沉》）及有關會稽的史地佚文（後彙成《會稽郡故書雜集》）。

一九一一年　三十歲

十月，辛亥革命爆發；十一月，杭州光復。為迎接紹興光復，魯迅曾率領學生武裝演說隊上街宣傳革命，散發傳單。紹興光復後，以王金發為首的紹興軍公政府委任魯迅為浙江山會初級師範學堂監督。

文言短篇小說《懷舊》作於本年。

一九一二年　三十一歲

1月3日，在《越鐸日報》創刊號上發表〈《越鐸》出世辭〉。

二月，辭去山會初級師範學堂監督職，應教育總長蔡元培邀請，到南京任教育部部員。

五月，隨臨時政府遷往北京，任教育部僉事與社會教育司第一科科長。

一九一三年　三十二歲

二月，發表《儗播布美術意見書》。

六月下旬，回紹興省母，八月上旬返京。

十月，校錄《稽康集》，並作〈稽康集‧跋〉。

一九一四年　三十三歲

四月起，開始研究佛學。

十一月，輯《會稽故書雜集》成，並作序文。

一九一五年　三十四歲

九月一日，被教育部任命爲通俗教育研究會小說股主任。

本年開始在公餘搜集、研究金石拓本，尤側重漢代、六朝的繪畫藝術。

一九一六年　三十五歲

公餘繼續研究金石拓本。

十二月，母六十壽，回紹興。次年一月回北京。

一九一七年　三十六歲

七月三日，因張勳復辟，憤而離職；亂平後，十六日回教育部工作。

一九一八年　三十七歲

四月二日，《狂人日記》寫成，這是我國新文學中的第一篇白話小說，發表於五月號《新青年》，始用「魯迅」的筆名。

七月二十日，作論文《我之節烈觀》，抨擊封建禮教，發表於八月出版的《新青年》。

九月開始，在《新青年》「隨感錄」欄陸續發表雜感。

一九一九年　三十八歲

冬，作小說《孔乙己》。

四月二十五日，作小說《藥》。

六月末或七月初，作小說《明天》。

八月十二日，在北京《國民公報》「寸鐵」欄用筆名「黃棘」發表短評四則。

八月十九日至九月九日，在《國民公報》「新文藝」欄以「神飛」為筆名，陸續發表總題為〈自言自語〉的散文詩七篇。

十月，作論文《我們現在怎樣做父親》。

十二月一日至二十九日，返紹興遷家，接母親、朱安和三弟建人至北京。

十二月一日，發表小說《一件小事》。

一九二〇年　　三十九歲

八月五日，作小說《風波》。

八月十日，譯尼采《察拉圖斯特拉的序言》畢，發表於九月出版的《新潮》第二卷第五期。

本年秋開始兼任北京大學、北京高等師範學校講師。

一九二一年　　四十歲

一月，作小說《故鄉》。

二、三月，重校《稽康集》。

十二月四日，所作小說《阿Ｑ正傳》在北京《晨報副刊》開始連載，至次年二月二日載畢。

一九二二年　四十一歲

二月，發表雜文〈估《學衡》〉，再校《稽康集》。

五月，譯成愛羅先珂的童話劇《桃色的雲》，次年由上海商務印書館出版；與周建人、周作人合譯的《現代小說譯叢》，由上海商務印書館出版。

六月，作小說《白光》、《端午節》。

十一月，作歷史小說《不周山》（後改名《補天》）。

十二月，編成小說集《吶喊》，並作〈自序〉，次年由北京新潮社出版。

一九二三年　四十二歲

六月，與周作人合譯的《現代日本小說集》由上海商務印書館出版。

七月，與周作人關係破裂；八月二日租屋另住。

九月十七日開始，在北京世界語專門學校講授中國小說史，至一九二五年三月結束。

十二月，《中國小說史略》上冊由北京新潮社出版。

十二月二十六日，在北京女子師範大學講演，題爲〈娜拉走後怎樣〉。

本年秋季起，除在北大、北師大兼任講師外，又兼任北京女子高等師範學校講師。

一九二四年　四十三歲

一月十七日，在北京師範大學作題為〈未有天才之前〉的講演。

二月作小說《祝福》、《在酒樓上》、《幸福的家庭》。

三月，作小說《肥皂》。

六月，《中國小說史略》下冊由北京新潮社出版。該書次年九月合成一冊由北京北新書局出版。

七月，應西北大學與陝西教育廳之邀，赴西安講學，講題為〈中國小說的歷史的變遷〉。

八月十二日返京。

九月開始寫〈秋夜〉等散文詩，後結集為散文詩集《野草》。

十月，譯畢日本廚川白村的《苦悶的象徵》。本年十二月由北京新潮社出版。

十一月十七日，《語絲》週刊創刊，魯迅為發起人與主要撰稿人之一。創刊號上刊出魯迅的雜文《論雷峰塔的倒掉》。

一九二五年　四十四歲

從一月十五日起，以〈忽然想到〉為總題，陸續作雜文十一篇，至六月十八日畢。

二月二十八日，作小說《長明燈》。

三月十八日，作小說《示眾》。

三月二十一日，作散文《戰士與蒼蠅》，對誣蔑孫中山先生的無恥之徒作了猛烈的抨擊。魯迅後來在《集外集拾遺·這是這麼一個意思》中談到這篇散文時說：「所謂戰士者，是指中山先生和民國元年前後殉國而反受奴才們譏笑糟蹋的先烈；蒼蠅則當然是指奴才們。」

五月一日，作小說《高老夫子》。

五月十二日，出席北京女子師範大學學生自治會召開的師生聯席會議，支持學生反對封建家長式統治的正義鬥爭。

八月十四日，被段祺瑞政府教育總長章士釗非法免除教育部僉事職。次年一月十七日，魯迅向平政院投交控告章士釗的訴狀。八月二十二日，魯迅勝訴，原免職之處分撤銷。

十月，作小說《孤獨者》、《傷逝》。

十一月，作小說《弟兄》、《離婚》。

十一月三日，編定一九二四年以前所作之雜文，書名《熱風》，本月由北京北新書局出版。

十二月，所譯日本廚川白村的文藝論集《出了象牙之塔》由北京未名社出版。

十二月二十九日，作論文《論「費厄潑賴」應該緩行》。

十二月三十一日，編定雜文集《華蓋集》，並作〈題記〉，次年六月由北京北新書局出版。

一九二六年　四十五歲

二月二十一日，開始寫作回憶散文《狗‧貓‧鼠》等，後結集爲回憶散文集《朝花夕拾》，一九二八年九月由北京未名社出版。

三月十日，作〈孫中山先生逝世後一周年〉，頌揚孫中山先生的革命精神。

三月十八日，段祺瑞政府槍殺愛國請願學生的「三一八慘案」發生。爲聲援愛國學生，揭露軍閥政府的暴行，魯迅陸續寫作了《無花的薔薇之二》、《死地》、《紀念劉和珍君》等雜文、散文多篇。因遭北洋軍閥政府通緝，曾被迫離寓至山本醫院、德國醫院等處避難十餘日。

八月一日，編《小說舊聞鈔》，作序言，當月由北京北新書局出版。

八月二十六日，應廈門大學邀請，赴任該校國文系教授兼國學研究院教授，啓程離北京。許廣平同車離京，赴廣州。

八月，小說集《徬徨》由北京北新書局出版。

九月四日，抵廈門大學。

十月十四日，編定雜文集《華蓋集續編》，並作〈小引〉，次年由北京北新書局出版。

十月三十日，編定論文與雜文合集《墳》，並作〈題記〉，次年三月由北京未名社出版。

十二月，因不滿於廈門大學的腐敗，決定接受中山大學的聘請，辭去廈門大學的職務。

十二月三十日，作歷史小說《奔月》。

一九二七年 四十六歲

一月十六日離廈門，十九日到廣州中山大學，出任該校文學系主任兼教務主任。

二月十八日，應邀赴香港講演，講題為〈無聲的中國〉和〈老調子已經唱完〉，二十日回廣州。

四月八日，在黃埔軍官學校講演，題為〈革命時代的文學〉。

四月十五日，為營救被捕的進步學生，參加中山大學系主任會議，無效，於二十九日提出辭職。

四月二十六日，編散文詩集《野草》成，作〈題辭〉。七月，該書由北京北新書局出版。

七月二十三日，應邀在廣州暑期學術講演會上發表題為〈魏晉風度及文章與藥及酒之關係〉的講演。

八月二十二日至二十四日，編《唐宋傳奇集》成，由北京北新書局在本年十二月及次年

二月分上下冊出版。

九月二十七日，偕許廣平乘輪船離廣州，十月三日抵達上海，十月八日開始同居生活。

十二月十七日，《語絲》周刊被奉系軍閥封閉，由北京移至上海繼續出版，魯迅任主編，次年十一月辭去主編職。

十二月二十一日，應邀在上海暨南大學演講，題為〈文藝與政治的歧途〉。

一九二八年　四十七歲

二月十一日，譯日本板垣鷹穗的《近代美術思潮論》畢，次年由上海北新書局出版。

二月二十三日，作文藝評論《「醉眼」中的朦朧》。

四月三日，譯日本鶴見佑輔隨筆集《思想・山水・人物》畢，次年五月由上海北新書局出版。

六月二十日，與郁達夫合編的《奔流》月刊創刊。

十月，雜文集《而已集》由上海北新書局出版。

一九二九年　四十八歲

二月十四日，譯日本片上伸的論文《現代新興文學的諸問題》畢，並作〈小引〉，本年四月由上海大江書鋪出版。

四月二十二日，譯蘇聯盧那察爾斯基的論文集《藝術論》畢並作〈小引〉，本年六月由

上海大江書鋪出版。

四月二十六日，作〈《近代世界短篇小說集》小引〉。該書由魯迅、柔石等編譯，分兩冊，先後於本年四月、九月由上海朝花社出版。

五月十三日，離上海北上探親，十五日抵北平。在北平期間，先後應燕京大學、北京大學第二院、北平大學第二師範學院等院校之邀講演。六月三日啟程南返，五日抵滬。

八月十六日，譯蘇聯盧那察爾斯基的論文集《文藝與批評》畢，本年十月由上海水沫書店出版。

九月二十七日，子海嬰出生。

十二月四日，應上海暨南大學之邀，前往講演，題為〈離騷與反離騷〉。

一九三〇年　四十九歲

一月一日，《萌芽月刊》創刊，魯迅為主編人之一。

二月八日，《文藝研究》創刊，魯迅主編，並作〈《文藝研究》例言〉。這個刊物僅出一期。

二月至三月間，先後在中華藝術大學、大夏大學、中國公學分院作演講，共四次，題目分別為〈繪畫漫論〉、〈美術上的現實主義問題〉、〈象牙塔與蝸牛廬〉和〈美的認識〉。

三月二日，中國左翼作家聯盟（簡稱「左聯」）成立，在成立大會上發表〈對於左翼作家聯盟的意見〉的演講，並被選為執行委員。

三月十九日，得知被政府通緝的消息，離寓暫避，至四月十九日。

五月八日，譯完蘇聯普列漢諾夫《藝術論》，並為之作序，本年七月由上海光華書局出版。

八月三十日，譯蘇聯阿‧雅各武萊夫小說《十月》成，並作後記，一九三三年二月由上海神州國光社出版。

九月二十五日為魯迅五十壽辰（虛歲）。文藝界人士十七日舉行慶祝會，魯迅出席。

九月二十七日，編德國版畫家梅斐爾德的《士敏土之圖》畫集成，並為之作序。次年二月以三閑書屋名義自費印行。

十一月二十五日，修訂《中國小說史略》畢，並作〈題記〉。修訂本次年七月由上海北新書局出版。

十二月二十六日，譯成蘇聯法捷耶夫的小說《毀滅》，次年九月由上海大江書鋪出版，十月以三閑書屋名義再版。

一九三一年　五十歲

一月二十日，因「左聯」五位青年作家被捕而離寓暫避，二十八日回寓。五位青年作家

遇難後，魯迅在「左聯」內部刊物上撰文，並爲美國《新群衆》雜誌作〈黑暗中國的文藝界的現狀〉。

四月一日，校閱孫用譯匈牙利裴多菲的長詩〈勇敢的約翰〉畢，並爲之作〈校後記〉。

七月二十日，校閱李蘭譯美國馬克·吐溫的小說《夏娃日記》畢，並於九月二十七日爲之作〈小引〉。

九月二十一日，就「九一八」事變，發表《答文藝新聞社問》，揭露日本帝國主義的侵略野心。

十二月二十七日，作文藝評論《答北斗雜誌社問》。

一九三二年　五十一歲

一月三十日，因「一二八」戰事，寓所受戰火威脅而離寓暫避，三月十九日返寓。

二月三日，與茅盾、郁達夫等共同簽署《上海文化界告全世界書》，抗議日本帝國主義的侵華暴行。

四月二十四日，雜文集《三閑集》編成，並作序，本年九月由上海北新書局出版。

四月二十六日，雜文集《二心集》編成，並作序，本年十月由上海合衆書店出版。

九月，編集與曹靖華等合譯的蘇聯短篇小說兩冊，一冊名《豎琴》，另一冊名《一天的工作》，各作〈前記〉與〈後記〉，二書均於一九三三年由上海良友圖書公司出版。

一九三六年再版時合爲一冊，改名爲《蘇聯作家二十人集》。

十月十日，作文藝評論《論「第三種人」》。

十月二十五日，作文藝評論《爲「連環圖畫」辯護》。

十一月九日，因母病北上探親，十三日抵北平。在北平期間，先後應北京大學第二院、輔仁大學、女子文理學院、北京師範大學與中國大學之邀前往講演，講題分別爲〈幫忙文學與幫閑文學〉、〈今春的兩種感想〉、〈革命文學與遵命文學〉、〈再論「第三種人」〉和〈文力與武力〉。三十日返抵上海。

十二月十四日，作〈《自選集》自序〉。《魯迅自選集》於次年三月由上海天馬書店出版。

十二月十六日，編定《兩地書》（魯迅與許廣平的通信集）並作序，次年四月由上海北新書局以「青光書局」名義出版。

十二月，與柳亞子等聯名發表《中國著作家爲中蘇復交致蘇聯電》。

一九三三年　五十二歲

一月六日，出席中國民權保障同盟臨時執行委員會會議，被推舉爲上海分會執行委員。

二月七、八日，作散文《爲了忘卻的紀念》。

二月十七日，在宋慶齡寓所參加歡迎英國作家蕭伯納的午餐會。

三月二十二日，作《英譯本《短篇小說選集》自序》。

五月十三日，與宋慶齡、楊杏佛等赴上海德國領事館，遞交《爲德國法西斯壓迫民權擡殘文化的抗議書》。

五月十六日，作雜文《天上地下》。

六月二十六日，作雜文《華德保粹優劣論》。

六月二十八日，作雜文《華德焚書異同論》。

七月十九日，雜文集《僞自由書》編定，作〈前記〉，三十日作〈後記〉，本年十月由上海北新書局以「青光書局」名義出版。

七月七日，與美國黑人詩人休斯會晤。

八月二十七日，作文藝評論《小品文的危機》。

九月三日，世界反對帝國主義戰爭委員會在上海召開遠東會議，魯迅被推選爲主席團名譽主席，但未能出席會議。

十二月二十五日，爲葛琴的小說集《總退卻》作序。

十二月三十一日，雜文集《南腔北調集》編定，並作〈題記〉，次年三月由上海聯華書局以「同文書局」名義出版。

一九三四年　五十三歲

一月二十日，為所編蘇聯版畫集《引玉集》作〈後記〉，本年三月以「三閑書屋」名義自費印行。

三月十日，編定雜文集《准風月談》作〈前記〉，十月二十七日作〈後記〉，本年十二月由上海聯華書局以「興中書局」名義出版。

三月二十三日，作〈答國際文學社問〉。

五月二日，作文藝評論〈論「舊形式的採用」〉。

六月四日，作雜文《拾來主義》。

七月十八日，編定中國木刻選集《木刻紀程》並作〈小引〉，本年八月由鐵木藝術社印行。

八月一日，作散文《憶劉半農君》。

八月九日，編《譯文》月刊創刊號，任第一至第三期主編，並作〈《譯文》創刊前記〉。

八月十七至二十日，作論文《門外文談》。

八月，作歷史小說《非攻》。

十一月二十一日，為英文月刊作雜文《中國文壇上的鬼魅》。

十二月二十日，編定《集外集》，作序言。本書次年五月由群眾圖書公司出版。

一九三五年　五十四歲

一月一日至十二日，譯成蘇聯班台萊夫的兒童小說《錶》，本年七月由上海生活書店出版。

二月十五日，著手翻譯俄國果戈里的小說《死魂靈》第一部，十月六日譯畢，本年十一月由上海文化生活出版社出版。

二月二十日，《中國新文學大系·小說二集》編選畢，並爲之作序。本年七月由上海良友圖書印刷公司出版。

三月二十八日，作〈田軍作《八月的鄉村》序〉。

四月二十九日，爲日本改造社用日文寫《在現代中國的孔夫子》。

六月十日起陸續作以〈題未定草〉爲總題的雜文，至十二月十九日止，共八篇。

八月八日，爲所譯高爾基《俄羅斯的童話》作〈小引〉，該書十月由上海文化出版社出版。

十一月十四日，作〈蕭紅作《生死場》序〉。

十一月二十九日，作歷史小說《理水》畢。

十二月二日，作文藝評論《雜談小品文》。

十二月，作歷史小說《采薇》、《出關》、《起死》；與前作《補天》、《奔月》、

《鑄劍》、《理水》、《非攻》一起彙編成《故事新編》，本月二十六日作序，次年一月由上海文化生活出版社出版。

十二月三十日，作《且介亭雜文》序及附記，十二月三十一日，作《且介亭雜文二集》序及後記；本月還曾著手編《集外集拾遺》，因病中止。

一九三六年　五十五歲

一月二十八日，《凱綏‧珂勒惠支版畫選集》編定，並作〈序目〉，本年五月自費以三閑書屋名義印行。

二月二十三日，為日本改造社用日文寫《我要騙人》。

三月二日，肺病轉重，量體重，僅三十七公斤。

三月下旬，扶病作〈《海上述林》上卷序言〉，四月底，作〈《海上迷林》下卷序言〉。

該書署「諸夏懷霜社教印」，上卷於本年五月出版，下卷於本年十月出版。

四月十六日，作雜文《三月的租界》。

六月九日，作《答托洛斯基派的信》。

八月三日至五日，作《答徐懋庸並關於抗日統一戰線問題》。

九月五日，作散文《死》。

— 251 —

十月八日，往青年會參觀第二次全國木刻流動展覽會，並與青年木刻藝術家座談。

十月九日，作散文《關於太炎先生二三事》。

十月十七日，執筆寫作一生中最後的一篇作品《因太炎先生而想起的二三事》，未完篇輟筆。

十月十九日晨三時半，病勢劇變，延至五時二十五分病逝於上海。

魯迅作品精選：2
徬徨【經典新版】

作者：魯迅
發行人：陳曉林
出版所：風雲時代出版股份有限公司
地址：10576台北市民生東路五段178號7樓之3
電話：(02) 2756-0949
傳真：(02) 2765-3799
執行主編：朱墨菲
美術設計：吳宗潔
行銷企劃：林安莉
業務總監：張瑋鳳

初版二刷：2023年1月
ISBN：978-986-352-444-1

風雲書網：http://www.eastbooks.com.tw
官方部落格：http://eastbooks.pixnet.net/blog
Facebook：http://www.facebook.com/h7560949
E-mail：h7560949@ms15.hinet.net
劃撥帳號：12043291
戶名：風雲時代出版股份有限公司

風雲發行所：33373桃園市龜山區公西村2鄰復興街304巷96號
電話：(03) 318-1378
傳真：(03) 318-1378
法律顧問：永然法律事務所 李永然律師
　　　　　北辰著作權事務所 蕭雄淋律師

行政院新聞局局版台業字第3595號 營利事業統一編號22759935
©2023 by Storm & Stress Publishing Co.Printed in Taiwan
◎如有缺頁或裝訂錯誤，請退回本社更換

定價：220元　　版權所有　翻印必究

國家圖書館出版品預行編目資料

魯迅作品精選：2 徬徨 經典新版 / 魯迅著. -- 初版. --
臺北市：風雲時代, 2017.01　面；　公分

　ISBN 978-986-352-444-1（平裝）

857.63　　　　　　　　　　　　　　106001886